Das liegt am Wetter

Sammelband

von

Das liegt am Wetter – Band 1

Das liegt am Wetter – Band 2

Neuauflage Nov 2016

von „Hallo Schatz, wie war dein Tag“

Bibliografische Information der Deutschen Nationalbibliothek:
Die Deutsche Nationalbibliothek verzeichnet diese Publikation in der Deutschen Nationalbibliografie; detaillierte bibliografische Daten sind im Internet über http://dnb.dnb.de abrufbar.

Umschlagsgestaltung: Jo Berger / Casandra Krammer Design
Umschlagabbildung: Fotolia / xixinxing
Herstellung und Verlag: BoD – Books on Demand, Norderstedt

ISBN: 978-3-7431-0173-9

Frisch, fröhlich, frech und auch mal traurig. Und ziemlich gepfeffert.

Von falschen Männern, zur Midlifecrisis bis hin zum richtigen Haustier für den geliebten Nachwuchs. Warum bleiben wir bei der Werbung vor dem Fernseher sitzen? Warum braucht ein Mensch ein Multifunktionspulssensorenmessdings und wieso müssen extrovertierte Vielblubberer nicht unbedingt zu den Schaumschlägern gehören? Weshalb sind Mütter eigentlich stets flexibel, einsatzbereit, nie krank und ... haben eigentlich auch Männer Problemzonen?

In ihren humorvollen Kurzgeschichten spielt Erfolgsautorin Jo Berger mit Themen, die Frauen und Männer verbinden oder trennen.

Kopulinchen

Hatte ich schon erwähnt, dass ich im Gegensatz zu meiner Freundin Silke nicht in der Lage bin, meinen durchschnittlichen Pheromonausstoß in schwindelnde Höhen zu treiben?

Ich gestehe, dass mir ein gewisser Neid nicht fern ist, wenn ich von Silke spreche.

Silke ist der Inbegriff der Erotik. Gibt es eine Reinkarnation, dann war sie sicherlich eine Saloonbesitzerin. Die feurige Silke mit rot wallendem Haar, auf Tischen tanzend und Röcke hebend. Ein Weib zum Whiskey saufen.

Wenn Silke ihr lautes, Lachen versprüht, schmilzt jedes Männerherz dahin. Wenn ich versuche, so zu lachen, läuft sogar meine Schminke davon.

Doch Silke hat ein Problem. Eines chemischer Natur. Sie ist im Besitz eines Geburtsfehlers. Einen, den sich jede Frau wünscht. Sie leidet unter dauerhafter Freisetzung von Kopulinen. Der Frauenarzt, der dies feststellte, konnte kaum an sich halten. Der Internist ebenfalls. Sie ist gesegnet.

Kopuline sind Duftstoffe des Vaginalsekretes. Die Produktion dieser für Männer sehr anregenden Geruchstoffe findet hauptsächlich kurz vor dem Eisprung, währenddessen und kurz danach statt. Also dann, wenn Frau empfängnisbereit ist und somit dem Jagd- und Samenstreuungstrieb der männlichen Gattung entgegenkommt. Kurz: Kopuline sorgen dafür, dass selbst wenig spannende Frauen Sexobjekt und Männer willig werden.

Zugleich haben Kopuline eine entspannende Wirkung auf Männer. Seltsam, ist aber so. Dieses für die Herren so anmutige Muschibukett wirkt Stress reduzierend. Stress ist potenzmindernd. Ergo: Sex ist entspannend. Frauen mit erhöhter Kopulinkonzentration sind also sehr der Regeneration des gestressten Jägers zuträglich. Und die riechen das!

Belegt wurde die Wirkung der fraueneigenen Pheromone, den Kopulinen, durch eine Studie, geleitet von Professor Karl Grammer vom Wiener Ludwig-Boltzmann-Institut für Stadtethologie. Grammer ließ 66 Männer an den Kopulinen schnüffeln und sofort erklärte diese sich bereit, die Dame mit der höchstens Konzentration willenlos zu besteigen. Müßig zu erwähnen, dass ebendiese Unersprießlichste erotisierende Duftstoffe bis zum Abwinken mit sich herumtrug.

Napoleon wusste um diese Dinge. Während eines Feldzuges ließ er seiner Josefine die Ankunft in einem Brief über einen vertrauten Boten zukommen: Nicht waschen. Komme in drei Tagen!

Hoffen wir alle noch im Nachhinein, dass Josie gerade in freudiger Kopulinproduktion stand.Blöd nur, dass sich dieser Prozess an den wenigen Tagen abspielt, an denen ich mich sowieso nicht unter Menschen begebe – zu ihrem eigenen Schutz. Ansonsten ist es so, wie es ist: Da kann ich mich schminken und breit lachen, wie ich will, da konzentriert sich noch lange nichts Kopulinähnliches im Schritt.

Also Mädels: Parfüm weglassen, einfach mal in entsprechenden Zeiten kurz durch den Schritt fahren und die Ohrläppchen betupfen. Wirkt garantiert. Fragt Silke.

Männerwaden

Es gibt Momente im Leben einer Frau, da möchte sie gerne wegschauen.

Geht aber nicht. Beispielsweise in der Sauna. Als bewanderte Saunagängerin bin ich nach jahrelangem Training in der Lage, innerhalb dieser Lokalität meinen Blick niemals auf Körpermitten gleiten zu lassen, weder von vorne noch von hinten.

Die Folgen könnten dramatische Ausmaße annehmen, wie bei meiner Freundin Silke. Ehemals eingefleischter Jägersauna-Fan bekommt sie heute sofort Brechdurchfall, wenn ich auch nur andeute, sie fragen zu wollen, ob sie mich begleitet, wenn ich das nächste Mal ... Sie wissen schon. Und warum? Weil ein irgendjemand sich bückte und sie zufällig hinsah. Die Therapie kostet sie noch heute ein Vermögen.

Nun, ich schaffe es, völlig isoliert einen Tag im Wellness-Center zu verbringen, ohne auch nur einen verirrten Blick auf diverse Überhänge fleischiger Art zu verschwenden. Ich sitze, schwitze, wechsle von der oberen Bank auf die mittlere, dann auf die Untere, und so lange zähle ich Schweißtropfen. Unter 100 verlasse ich den Raum nicht. Bei Tropfen 45 traf mich der strukturloseste Anblick unansehnlichster Waden seit Menschengedenken. Fläzten sich diese doch just in dem Moment auf der mittleren Bank, als ich eine Stufe tiefer rutschen wollte.

Sie waren weiß, sie waren behaart, sie waren frei von jeder Muskulatur. Unförmig, wie aus einem Stück geschlabbert, vom Schöpfer lieblos ausgerotzt. Tropfen 46 verweigerte den Rutsch über die Nasenspitze und gefror auf der Stelle. Panisch blickte ich um mich. Sollte ich den Träger des entwürdigenden Körperteiles bitten, mich vorbei zu lassen? Ich wagte es nicht. Ging ich doch davon aus, dass der Himmelsvater bei den Füßen begonnen hatte und sich weiter hocharbeitete. Wer weiß, welcher Schalk ihm dabei damals im Nacken saß? Einige Verzeihungs und Entschuldigungs murmelnd krabbelte ich über eine Dame, die erschreckt die Beine zur Brust zog, anschließend über einen jungen Mann, der mir recht freudig erschien, um schließlich zu einem freien Platz zu gelangen, der es mir ermöglichte, den Raum zu verlassen und dabei den Waden den Rücken zu zudrehen. Der Zweck heiligt die Mittel und eine Therapie kann ich mir nicht leisten.

Ab da sah ich Waden in allen erdenklichen Ausprägungen. Ich konnte nicht anders. Sie winkten mir zu. Schamlos entblößt und in all ihrer vielfältigen Pracht hemmungslos zur Schau getragen. Nach einigen Minuten zittrigen Hyperventilierens und drei Schnaps gewöhnte ich mich an den Anblick.

Schlussbemerkung: Die meisten Männerwaden sind in nüchternem Zustand nicht zu ertragen und bewirken bei mir hektisches Zwerchfellflackern. Männerwaden werden umso sorgloser zur Schau getragen, je größer das Geschlechtsteil des Trägers zu sein scheint. Manche scheinen sich nicht darüber bewusst zu sein, dass Frauen nicht nur in die Augen schauen, auf den Geldbeutel, den Hintern oder auf die romantische Seite. Sollte der Inhaber all dieser lobenswerten, jedoch sekundären, Eigenschaften ein Würgwadenträger sein, ist er raus.

Schließlich wollen wir - Achtung: Klischee - unsere stets kalten, wohlgeformten und pedikürten Füße an wohlig warme wohlgestaltete Männerwaden kuscheln.

Multifunktionspulssensoren … messdings

Eines Tages war mir danach, mit dem Joggen zu beginnen. Man gönnt seiner Figur ja sonst nichts. Speziell in der Vorweihnachtszeit. Eine flüchtige Bekannte namens Susanne bestärkte mich in meinem Beschluss. Fortan klopfte sie ein- bis dreimal die Woche bei mir an, um mich zu körperlicher Ertüchtigung zu bewegen.

»In einem sportlichen Körper, steckt ein gesunder Geist!«, grinste sie mich frech an, während sie ihre gestählten Muskeln streckte, dehnte und ihre Uhr richtete.

»Was ist das?«, wollte ich mit einem Blick auf dieses überdimensionierte Monstrum wissen.

»Das«, verkündete sie stolz, »ist eine Pulsuhr.«

Sogleich erklärte sie mir alle Funktionen dieses Supermultitools für Läufer. Die misst nicht nur deine Herzfrequenz, sondern auch den Kalorienverbrauch, die gelaufene Strecke, Höhenmeter, wie schnell du bist, und gibt Warntöne ab, wenn du zu viel Tempo machst. Ferner ermittelt sie den V20 Max, deine individuellen Sportzonen, die Herzfrequenzvariabilität und ermittelt jederzeit und allerorts den aktuellen Fitnessstand.

Diese Uhr beeindruckte mich und gab mir gleichzeitig Rätsel auf. »Wie kann die Uhr wissen, wie schnell du läufst?«

»Na, aufgrund der Schritte, die ich mache«, antwortete sie verblüfft und bog sich den Oberschenkel so weit nach hinten, dass es mir in der Leiste zog.

»Die Uhr kann also hellsehen.«

»Nein, du musst sie erst kalibrieren.«

»Aha.« Was fragte ich auch so blöd.

Sie streckte mir ihren Fuß ins Gesicht und tippte mit dem Zeigefinger auf ein schwarzes eiähnliches Etwas, das fest an ihrem Schuh hing.

»Damit«, meinte sie. »Das ist ein Fußsensor. Die Erschütterung misst die Schrittlänge. Du läufst im Stadion ein paar Kilometer und kannst somit die Uhr auf die korrekte Distanz einstellen.«

Anschließend erklärte sie, dass mehrmals die Woche die Daten auf ihren PC überspielt werden. Anhand von wunderbar anzusehenden Diagrammen könne sie ihre eigene Laufverbesserung betrachten.

Und ja nicht die lohnende Pause vergessen.

Was Zuviel war, war Zuviel. Ich wollte nur ein wenig rumtraben und dabei schön schlank werden. Ein Ingenieurs- oder Sportwissenschaftsstudium kam mir darüber nicht in den Sinn.

Spontan legte ich Susannes Megainformationstool in der Schublade »Unnötige Dinge« ab und beschloss, nach Gefühl zu laufen.

Wenn ich keine Luft mehr bekam, drosselte ich das Tempo. Wenn es irgendwo ziepte, drückte oder stach, ging ich, anstatt zu joggen.

Verrückte Läufer! Wer brauchte denn so was?

Mit der Zeit wurde das Laufen zur Routine. Ich ging nicht mehr mit meinem Hund spazieren, wir joggten. Über kurz oder lang liefen die Beine von alleine. Frische Luft durchströmte die Lungenflügel. Ein Hochvergnügen. Kein Vergleich zu Susannes Empfindungen beim Laufen. Liefen wir gemeinsam, schaute sie ständig auf ihre Uhr und hechelte so was wie: »Guter Schnitt.«. Nach dem Lauf war sie damit beschäftigt, ihre Werte abzurufen, um sich kurz darauf zu ärgern: zu langsam. Schnitt versaut. Herzfrequenz nicht im optimalen Bereich. Scheiß Ownzone.

Man munkelt, sie überträgt die Daten via Satellit sofort auf den Rechner, um sich unmittelbar an den Lauf die verpatzte Statistik anzusehen.

Ich beschloss, nicht mehr mit dieser Sportskanone Laufen zu gehen. Schlechtes Gewissen. Zu langsam. Schnitt versaut.

Nach einiger Zeit interessierte es mich, wie weit ich wohl gelaufen sein mochte. Am nächsten Tag besorgte ich mir einen Schrittzähler. Begeisterung überfiel mich.

Der erste Lauf zeigt mir 5.238 Schritte. Bei meiner vorher umständlich im Stadion gemessenen Schrittlänge, die exakt 0,92 Meter betrug, war demnach knapp über fünf Kilometer gelaufen. Ich raste nach Hause. Dieser Erfolg musste notiert werden, bevor ich es vergaß.

Tag X, Schrittlänge 0,92m, Schritte 5.238. Das waren ja ... fast fünf km. Beglückt starrte ich auf den auf Papier festgehaltenen Knüller. Moment? Wie lange war ich eigentlich unterwegs gewesen? Egal. Ausschließlich die Freude am Lauf stand im Vordergrund.

Tage später wusste ich, dass ich fünf Kilometer in ungefähr in 35 Minuten bewältigte. Susanne staunte und empfahl mir ihre Uhr. Ob ich nicht wissen wolle, wie hoch mein Puls wäre?

Nein, das wolle ich nicht wissen. Wenn er bis zum Halse schlüge, prahlte ich, laufe ich einfach langsamer. Wer braucht schon so eine Monsteruhr. Ich mache mich doch nicht zum Knecht, mach ich mich nicht!

Es war ein wunderschöner Frühlingsmorgen. Mein treuer Hund und ich richteten uns für den Samstagmorgenlauf. Schlüssel, Handy, Leckerlis für die brave Seele, Schrittzähler, Edding und eine kleine Pulsuhr, die ausschließlich den Puls misst. So trabten wir los. Die Ruhe wäre unbeschreiblich entspannend gewesen, wenn es nicht überall an mir gerasselt hätte. Dazwischen kontrollierte ich wiederholt meine Pulswerte und bemühte mich, mit einer konstanten Schrittlänge den Parcours zu meistern. Nach 5.276 Schritten bewegte sich mein Puls knapp unter Lichtgeschwindigkeit und meine Schritte fielen unterschiedlich lang aus. Hektisch zog ich ein Maßband, das ich neuerdings stets mit mir führte, aus der Hosentasche, zückte den Edding und malte mir eine 10-Meter-Laufstrecke auf den Asphalt. Diese lief ich zur Belustigung mancher Passanten mit verschieden Gehweisen und

Frequenzen ab. Eben so, wie ich gelegentlich laufe und jogge, spaziere oder schlendere. Ich lief, joggte, schlenderte, watschelte und rannte die zehn Meter so lange, bis ich eine passable Anzahl verschiedenster Schrittfrequenzen und –längen beieinanderhatte, um ein ausreichendes Mittel zu bilden.

Nach längerer Berechnung stellte sich heraus, dass ich eine durchschnittliche Schrittlänge von 0.87 Metern aufweisen konnte.

Das wiederum bestürzte mich tief. Alle Aufzeichnungen, alle Grafiken, aller Stolz sinnlos. Zwecklos, überflüssig, vergebene Liebesmüh. Meine Schrittlänge brachte es an den Tag. Gewiss hatte ich nicht einmal 4. 85 km geschafft. Vielleicht auch nur drei?

Ich brach heulend zusammen.

Was denn los wäre, fragte mich mein stets mitfühlender Mann an diesem Tag, als ich gebückt durchs Haus schlich.

Von Weinkrämpfen geschüttelt würgte ich hervor: »Mein Schritt ist zu kurz.«

So konnte es nicht weiter gehen. So nicht. Beherzt verschenkte ich Schrittzähler, Pulsuhr, Metermaß und Edding. Sie sollten mich nicht mehr knechten. Nicht binden. Nicht rasseln und beuteln und falsche Auswertungen liefern. Ich wollte frei sein! Beim Laufen an nichts denken. Kein Rasseln, kein Scheppern.

Diese Entscheidung erfüllte mich mit echtem Stolz!

Am nächsten Tag besorgte ich mir eine Läuferuhr. Susannes sehr ähnlich. Brustgurt, Laufsensor, Uhr. Fertig. Kein Rasseln, kein Scheppern.

Seitdem laufe ich entspannt, genieße die Ruhe, erfreue mich an der Natur und werfe hin und wieder einen Blick auf die Herzfrequenz. Und auf das Tempo. Auf die Durchschnittszeit und den V2O Max.

Mist! 6:35er-Schnitt.

War auch schon mal besser.

Der Frühling kommt auf leisen Socken

Freuen Sie sich auf den Frühling? Auf die Zeit der leichten Kleidung? Hinfort mit Daunenjacke, Schal und Mützen. Willkommen T-Shirt, Top und offene Schuhe. Lasst Luft und Sonne ran! Endlich ist der Frühling da. Freiheit, Leichtigkeit, Unbeschwertheit. Doch was nützt unverhohlene Vorfreude, wenn das Grauen des nackten Fleisches unverhüllt durch die Gassen schleicht?

Denn der tollkühne Mann zeigt dieses Jahr Bein. Er versteht es wie kein anderes Lebewesen, sich auch im Sommer stilvoll und dezent zu kleiden. Sein oberstes Bestreben ist es, die vollumfängliche Aufmerksamkeit der Damenwelt auf sich zu ziehen und dabei möglichst leger zu wirken. Konsequent beschreitet er seinen Weg maskulinen Schrittes und stolz eingezogenen Bauches.

Und tatsächlich! Es gelingt uns nicht, den Blick abzuwenden, beschämt vorbei zu schauen. Oder sich das Lachen zu verkneifen.

Wie schon vor Kurzem bei einem Saunabesuch vergeblich versucht zu ignorieren, präsentieren sich nun käsige Männerwaden in neuem Outfit. Im Bereich der Nacktschwitzer noch hüllenlos zur Schau getragen, werden diese nun mit Hilfe von Socken in Herrensandalen kapriziös in Szene gesetzt. Die Geschmacklosigkeit diverser Latschenträger lässt dabei keine Wünsche offen. Das erhabene, ja ungeniert selbstgefällige Sockenarrangement auf Sandale veranlasst die optischen Geschmacksknospen zum spontanen Welken. Meist wird dieser Look perfektioniert mit einem in helle Bermudajeans gestopften Karohemd unterschiedlichster Farbgebung.

Meine lieben Herren, Krone der Schöpfung, Rippengeber und Urzeitjäger: Was tut ihr uns da an? Ist das eure Rache auf glänzende Leggins um Cellulitisberge, weiße Nietenstiefel und Schulterpolster? Lasst euch gesagt sein: Socken in Sandalen sind inkompatibel mit Stil. Ohne E.

Der Knigge beantwortete auf eine Frage eines Herren, ob er denn auf lange Hosen Sandalen und Socken trage, könne mit: »Wir tun uns schwer, Ihnen zum Tragen von Sandalen zu raten!«

Dem ist nichts hinzuzufügen. Tut uns einen Gefallen und hört auf Knigge, der ferner meint:

»Für die Herren gilt, dass zwischen Strumpf und Hosenbein niemals ein unbekleidetes Bein sichtbar sein darf, d.h., das Tragen von Socken ist tabu. Auf Strümpfe kann nur verzichtet werden, sofern man meint, Sandalen tragen zu müssen und dafür seine Füße einer regelmäßigen Pflege unterzieht.«

Ist das nun klar?!

Die Kombination Sandalen mit Socken liegt bei mir auf der Würgskala bei neun. Auf 10 ungeschlagen führt das bis zum Nabel aufgeknöpfte Hemd mit dicker Goldkette auf Pelzbesatz, gleichauf mit Feinripphemdchen an Baseballmütze, dekoriert mit trainingsfreiem Wabbelbizeps in Zartrosa.

Dem guten Geschmack sind keine Grenzen gesetzt. Möglicherweise kommt ein bekannter Modedesigner im nächsten Jahr auf die Idee, Sockensandalen zu entwerfen. Sandale mit integrierter Socke ohne störende Naht. Das wäre doch mal was.

Die Produktvielfalt bietet hier nahezu unerschöpfliche Entfaltungsmöglichkeiten:

Jesuslatschen an Sackleinen

Die Marathonhochleistungssandale mit Silberfäden im Funktionsstöffchen.

Der simple Kunststofftreter mit weißen Querstreifen und Tennissocke im günstigen Kombiangebot mit Handy-Gürtelclip-Tasche.

Für den Wanderer die robuste Kreuzriemensandale an atmungsaktiven, schnell trocknenden und fersenverstärkten Plüschsocken.

Warum nicht den modebewussten Herren in unauffälligem Schwarz gehaltene Feinledersandalen mit Businessedelstrumpf empfehlen? Oder wie wäre es mit der Transenlackleder-Plateausandale mit halterloser Netzstrumpferweiterung?

Nebenbei bemerkt wird es Zeit, dass auch die beliebte Zehenstegsandale, bekannt als Flip-Flops, zu ihrer Socke kommt. Richtig getragen könnte diese den Blicken der Damenwelt bisweilen recht reizvoll begegnen.

In diesem Sinne: Endlich ist der Frühling da!

Beziehungsweise

Dreimal die Woche ist nicht genug

Alle zwei bis drei Monate sucht mich meine gute Freundin Dora auf und klagt mir ihr Leid. Grund ihres Unmuts ist immer und grundsätzlich Berthold, Doras Lebensgefährte seit einigen Jahren. Ich mag Berthold nicht. Berthold ist ein Egoist und bejammert sein Leben. Immerfort und überall. Berthold ist Berthold. Allein der Name zwingt zum Umdrehen.

Der Ablauf der zyklischen Katastrophe gestaltet sich stets ähnlich. Das Telefon klingelt und noch bevor mein Ohr den Apparat berührt, bläfft es mir entschlossen entgegen: »Ich komm vorbei. Sofort!«

Diese Äußerung duldet keine Antwort, sie erwartet puren Aktionismus.

Behände jage ich Mann und Kind aus dem Haus, öffne eine Flasche Wein und zünde eine Kerze an. Kurz darauf klingelt es. Dora steht vor der Tür. Mal am Boden zerstört, in unermesslichen Selbstzweifel versunken, mal wütend und entschlossen. Verletzt und gedemütigt hatten wir auch schon. In jedem Fall jedoch knallt Dora mir den Rucksack des unerschütterlichen Vorhabens, Berthold zu verlassen, vor die Füße.

Wenn ich so darüber nachsinne, wurde bereits die

komplette Palette von Gefühlsregungen, welche sich innerhalb einer schlecht funktionierenden Partnerschaft einnisten können, abgerufen. Ausgesprochen faszinierend, wie eine kontinuierlich ähnlich ablaufende Situation unterschiedlichen Färbungen unterliegen kann.

Es bleibt interessant.

Wir, mein stets weiser Ehemann und ich, haben unsere Alltagsplanung bereits darauf ausgerichtet. Feste Termine sind zwei Wochen vor Bertholds Geburtstag, drei Wochen vor Weihnachten, kurz vor Ostern, Anfang August und der 12. Juni.

»Der hat sie doch nicht mehr alle!« Dora schimpft wie eine entrüstete Elster, lässt sich auf den Stuhl fallen und zündet sich eine Zigarette an.

Ich reiche ihr ein Glas Wein, nicke verständnisvoll und setze mich ihr gegenüber. Schweigend. Die Augen Interesse bekundend auf sie gerichtet sage ich kein Wort.

»Der ist nicht ganz dicht. Total bekloppt! So ein Arsch! Ach was! Reicht nicht! Doppelarsch!«

Als Nächstes wird sie kundtun, dass sie ihn verlässt, weil er immer nur Sex will. Der stünde ihm zu. Alles täte er für sie und sie zeige keine Dankbarkeit. Und ihm wäre es total egal, wie sie sich fühlt: lustlos, überarbeitet, entkräftet, krank oder wandelnd im tiefen Tal des prämenstruellen Syndroms.

»Immer will der Sex! Morgens, mittags, abends. Ich kann nicht mal eine Bluse wechseln, ohne dass er gleich scharrt wie ein geiler Ochse!«

»Nein!« Ich reiße die Augen auf.

»Doch! Dann wirft er mir vor, dass er alles für mich tut und ich nichts für ihn! Geht gar nicht!«

»Nein, überhaupt nicht!« Ich schüttele wild den Kopf, runzle die Stirn und haue auf den Tisch.

»Der kommt nach Hause, jammert, wie hart sein Tag war und will …, du weißt schon!« Sie nimmt einen großen Schluck vom Rotwein: »Harter Tag. Biederer Bürostumpfsinn eines kleinen Bilanzbuchhalters. Harter Tag! Pah! Dass ich nicht lache!«

»Braucht er vielleicht einen körperlichen Ausgleich?«, versuche ich besänftigend einzulenken, ohrfeige mich jedoch gleich wieder, weil ich diesen Satz jedes Mal sage.

»Ausgleich? Du meinst Entspannung? Entspannung!« Sie gestikuliert wild mit den Händen in der Luft. »Wenn ich mich entspannen will, geh ich die Badewanne oder lese ein Buch. Der ist doch nicht normal. Schließlich arbeite ich auch den lieben langen Tag und führe dazu noch den Haushalt. Hallo?«

»Aber echt!«

»Eben! Und wenn ich nicht will, ist er sauer und macht sich ein Bier auf.«

»Und dann gibt er Ruhe?«

»Ach wo!« Dora verschluckt sich fast am Scotch, zu dem sie übergegangen ist.

»Dann wird er gemein! Gemein wird der dann. Er wirft mir vor, dreimal die Woche ist nicht genug.

Ein Mann wie er bräuchte täglich!«

»Täglich …«

»Ja. Also bitte! Das stünde ihm zu, sagt er! Wenn ich ihn lieben würde, dann würde ich es ihm zu Gefallen tun. Und weißt du was?«

»Was?«

»Irgendwie finde ich ihn abstoßend, wenn er was getrunken hat. Auch, wenn es nur ein Bier ist.«

»Wie lange seid ihr zusammen?«

»Fünf Jahre! Ganze unerträgliche FÜNF Jahre!«

»Trinkt er erst seit kurzem Bier?«

»Äh, nein?«

»Hm ...«

»Was soll ich sagen ...« Dora schaut mich mit Entschiedenheit an und legt die dramatische Pause ein, die sie jedes Mal einlegt. Denn laut Drehbuch wird sie mir jetzt mitteilen, dass sie ihn verlässt.

Ich zähle: Vier, drei, zwo ...

»Ich verlasse ihn. Heute noch!«

»Klar.«

»Diesmal endgültig!«

»Mal wieder?« Ich neige meinen Kopf und schaue sie von unten herauf an. Ein gewagter Vorstoß.

»NEIN!«, echauffiert sie sich »Dieses Mal unwiderruflich!«

»Du meinst es Ernst?«

»Ja!« Sie wischt sich mit dem Handrücken Schaum vom Mundwinkel. »Jeden Tag Sex ist echt anstrengend.«

»Was? Wieso? Ich denke dreimal die Woche?«

»Na ja, Peter ist ja auch noch da.«

Welcher Peter? Noch bevor ich nachfragen konnte, klingelt ihr Handy. Berthold.

Der Rotwein ist leer. Ich weine ein wenig.

Der Ablauf des Gespräches ist mir nicht ganz unbekannt. Er variiert lediglich bei diversen Ähms und Achs und ist kurz wiedergegeben: »Hm, ja, hm. Ach! Ähm, sicher …, ja …, ich dich auch. Bis nachher.« Dora legt auf und grinst. »Er will mir morgen eine Ganzkörpermassage mit Orangenblütenöl geben. Ist er nicht süß?«

Kopfschüttelnd spreche auch ich nun dem Scotch zu. »Und Peter?«

»Hat andere Qualitäten.«

Na dann, bis Ostern.

Der Sex des kleinen Mannes

Warum reißt sich meine Freundin darum, meiner leeren Flaschen, in monatelanger Messiemanier unter meinem Schreibtisch im Büro gesammelt, habhaft zu werden, um anschließend wie eine Entfesselte zu Aldi zu fahren? Ich weiß es nicht. Ich kann es nur erahnen.

Es ist ein wunderbarer Moment, sagt sie, wenn die leere, scheinbar wertlose Flasche mit einem Flupp-grlgrl-Plöpp vom Automaten eingezogen wird und dieser in der Folge Geld ausspuckt. Ein Gefühl der Akzeptanz und Anerkennung. Der Mensch gibt etwas von sich her und es wird angenommen und darüber hinaus entlohnt.

Tolle Sache! Oder einfach nur das Minimalprinzip? Mit läppischem Einsatz jede Menge herausbekommen. Klar: Sie hat die Flaschen weder bezahlt noch ausgetrunken und gehortet. Sie steckt sie lediglich in die dafür vorgesehene Öffnung und bekommt Zaster für ein Plopp. Feine Sache. Oder doch nicht? War das schon alles?

Warum reißt sich mein Mann nicht darum? Wieso ist es ihm angenehmer, vor dem Brötchenausspucker als am Flascheneinziehgerät zu stehen? Müsste es nicht umgekehrt sein? Nicht die Frau, sondern der unkomplizierte Mann dürfte sich im Grunde nichts Schöneres vorstellen können, als etwas in eine Öffnung zu stecken, was mit viel Geraune entgegengenommen und darüber hinaus noch entlohnt wird.

Und warum tun sie es nicht? Ich fürchte, die Sache ist viel simpler als sie scheint. Liebe Flaschenrückgabeautomatenhersteller! Die Öffnung ist zu groß! Viel zu groß. Und viel zu leicht einsehbar! Das geht nicht! Da wird dem Jagdinstinkt des Mannes ein Schnippchen geschlagen: siehe, da ist ein Loch, da musst du das Reintun.

Blöd. Viel zu offensichtlich!

Produziert in Gottes Namen kleinere Löcher und umgebt diese rundherum mit dünnen Plastiklappen. Wenn überdies noch ein kurzes Vakuum erzeugt werden könnte, welches das Flupp volltönend und wohltuend erklingen lässt, dann ist auch diese Zielgruppe erreicht.

Liebe Leserinnen und Leser: Sollten Sie wider Erwarten ein männliches Wesen am Flascheneinzieher verzückt Plastikflaschen in den Automaten schieben sehen, lächeln sie verständnisvoll: In der Not frisst der Teufel Fliegen.

Warum sollte er ausgerechnet Dir treu sein?

Neulich lauschte ich in einem Café ungewollt einem Gespräch am Nebentisch.

Zwei Freundinnen unterhielten sich über die Beziehung der einen Dame, die sich lautstark echauffierte, dann weinerlich die missliche Lage bejammerte und schließlich versuchte, die Situation zu sondieren, analysieren und zu erklären. Dabei fand sie erstaunlicherweise Entschuldigungen für die Treulosigkeit ihres Partners, wobei die Freundin zustimmte. Es war von Paartherapie und Geduld die Rede.

Die Hoffnung stirbt zuletzt. Diesen Spruch muss eine Frau erfunden haben. Warum? Weil wir gerne analysieren, recherchieren, jeden Gedanken dreimal durch den Fleischwolf drehen und neu formen, um keine noch so kleine Eventualität zu übersehen. Wir diskutieren, zensieren, kontrollieren, ziehen Parallelen und Schlüsse, werfen alles wieder um und beäugen nochmals genau. Wir bereden, besprechen, zerpflücken, zerstückeln, differenzieren, entflechten. Dabei verirren wir uns immer weiter und sind zum Ende der Mühsal genau so schlau wie vorher. Dann enden wir gerne mit dem Satz: »Ich werde einfach nicht schlau aus ihm!«

Und warum? Weil Männer überbewertet werden. Zumindest einige von Ihnen. In jedem Fall aber die

Exemplare, deren Frauen sich obigem Gedankenmüll aussetzen. Und das sogar freiwillig. Weil sie glauben, sie könnten es ergründen, das »Mysterium Mann«. Sie wären der Schlüssel zum Tor der Erkenntnis. Sie und nur sie könnten ihn Bekehren, begehren, umkrempeln, erwecken.

Fehlanzeige!

Bei der Sorte der EWUs, der »ewig Untreuen«, ist Hopfen und Malz verloren. Sie werden immer das grüne Gras auf der anderen Seite im Auge haben und naschen wollen. Die saftigen Halme rufen lieblich, wiegen sich lasziv im Wind und versprühen den betörend frischen Duft jungen Grases. Dem kann der Ewu nicht widerstehen. Er will es. Und zwar regelmäßig, bitteschön.

»Nein!«, höre ich die empörten Ausrufe, »Mein Marcel ist nicht so einer! Er hat es nur von seinem Vater übernommen. Er kennt es nicht anders.«

Ja, ist klar, Mutter Theresa. Errette mal schön weiter. Dein Marcel hat dich als Hafen auserkoren, weil du so verständnisvoll und hoffnungslos idealistisch bist, und alles andere ist die schöne große weite Welt. Punkt. Mehr ist nicht drin. Gestern nicht, heute nicht und morgen ebenfalls nicht.

Wie hast du ihn denn bekommen, den Marcel? War er ein Ich-trauere-noch-meiner-Ex-hinterher-Pussy oder ein Ich-bin-in-meiner-Beziehung-unglücklich-Pinser? In beiden Fällen ist es recht wahrscheinlich, dass die Damen seine Eskapaden mehr als satthatten oder aber den Rettungsversuch als gescheitert betrachteten, was bei solchen Frauen meistens und leider einem persönlichen Versagen gleichkommt.

Ewus sind bequem!

Nur keine Anstrengungen, bitte. Sie gleiten überaus wendig und geschickt um etwaige Stolperfallen herum und schmücken ihren Slalom mit einschmeichelnden Worten (Du bist die Einzige, die Beste! Bei dir kann ich mich gehen lassen. Keine versteht mich so wie du) und facettenreichen Aufmerksamkeiten mehr. Dabei gelingt es ihnen, dass die Frau sich schuldig fühlt, oder zumindest in der Verantwortung für sein Tun. Sie sagen sich Sätze wie:

Seit das Kind da ist, haben wir ja auch so wenig Zeit füreinander.

Na ja, am Anfang unserer Beziehung (vor einem Jahr) hatten wir schon öfter Sex.

Er hat zurzeit so viel Stress im Beruf. Er braucht Freiräume.

Gegebenenfalls aber auch:

Wir wohnen zusammen (sind verheiratet, verlobt, ...), also muss er mich lieben!

Also Bitte ... Ganz ehrlich? Nö!

Ein Ewu sichert sich die Grundversorgung (waschen, putzen, kochen, regelmäßiger Sex, allgemeine Ordnung und Übersichtlichkeit in Kontoauszügen, Steuererklärungen und das paarweise Zusammenhalten von Socken), um sich außerhalb der Einfriedung so richtig frisch zu fühlen.

»Aber das macht doch kein Mensch!«, höre ich

überzeugte Ausrufe, »Das ist doch total anstrengend. Diese Lügerei, dieses Vertuschen, dieses, dieses Doppelleben!«

Lebensunfähige Womanizer?

Für einen Ewu ist es wesentlich strapaziöser, sich um sich selbst zu kümmern. Vordergründig scheint der Ewu ein Schwerenöter zu sein, ein Charmeur und sensibler Verführer. Wortgewandt mit Esprit und Witz schart er die Hälmchen um sich. Er strahlt, suhlt sich im Anblick seines Spiegelbildes und sammelt Telefonnummern wie die Kinder früher die Sammelbildchen. Dabei grast er ein wenig hier und ein bisschen dort, bevor er sich auf dem frischen Stroh im heimischen Stall ausstreckt und sich erholt.

Im Grunde seines Herzens ist der Ewu nicht wirklich lebensfähig, stets unsicher und auf der Suche nach Selbstbestätigung, weil er selbst beim Bügeln des bügelfreien Hemdes an seine Grenzen stößt und seine Kontonummer für gewöhnlich mit der Telefonnummer verwechselt.

Nein, du kannst Marcel nicht erretten, nicht bekehren, nicht umkrempeln oder überzeugen. Nein, auch eine Paartherapie hilft nicht.

Ein Festhalten an einer solchen Beziehung dient in keinem Falle dem eigenen Glückszustand, außer, die Dame hat sich die Bekehrung des Lasterhaften als oberste Priorität auf die Fahne geschrieben, weil sie überzeugt ist, die Einzige zu sein, die dies fertigbringt. Sie muss es ja schließlich sein, weil ...

(Setzen Sie nun bitte ihre diversen Vermutungen hier ein)

Der Arterhaltung scheint eine solche Beziehung nicht sonderlich dienlich. Trotzdem kommt es gerade bei solchen Verbindungen vermehrt zu spontanen Schwangerschaften mit der Begründung: Ein Kind wird unsere Liebe festigen!

Noch mal: Solche Typen binden sich gerne auch ohne üppige Gefühle dauerhaft. Ehen sind hier durchaus nicht ausgeschlossen, sondern die Regel.

Also, warum sollte er ausgerechnet DIR treu sein?

Adonis und der Eispickel

Leben Sie in einer glücklichen Beziehung oder streben Sie eine an?

Fragen Sie sich auch manchmal: Was zeichnet eine gute Partnerschaft aus? Vertrauen, Respekt, das Achten der persönlichen Dinge und Grenzen des anderen? Freiräume, Offenheit, Loslassen, Zuhören? Sicher, all das und vieles mehr, was mir zur Stunde nicht einfällt.

Vor nicht allzu langer Zeit stellte ich diese Frage einer Bekannten. Nennen wir sie Anna.

»Anna«, fragte ich, »Was sind für dich Merkmale einer gut funktionierenden Beziehung? »

»Hm, da muss ich eine Weile nachdenken«, sprach sie und fing an zu denken.

Nach zwanzig Minuten wurde es mir dann doch etwas lang. Ich hakte nach: »Und?«

»Ja ...«, holte sie lang aus und blickte dabei suchend zur Decke, »Aufmerksamkeit, glaube ich. Er zeigt mir, dass er mich liebt. Täglich.«

»Wie?«, wollte ich Ahnungslose erfahren.

»Er massiert mir jeden Abend die Füße«, kam die prompte Antwort, die mich ebenso prompt verstummen ließ.

Nun, ich mag einfältig sein, aber ich kann mir beim besten Willen nicht vorstellen, dass ein Mann freiwillig und ohne Hintergedanken die Füße seiner

Angebeteten massiert. Schon gar nicht täglich. Unabhängig davon, dass ich diese Geste nicht als Liebesbeweis einordne. Das weitere Gespräch mit Anna brachte keine neuen Erkenntnisse und war somit für die Füße. Wie ich erfuhr, trennte sich der selbstlose Mann einige Monate später von Anna. Er hatte andere Füße kennengelernt.

Also, was ist denn nun das Rezept für eine gute Beziehung? Wann ist man glücklich, oder glaubt zumindest, es zu sein? Was tut der Mensch, um sich sein Glückshologramm permanent vor die Birne zu projizieren?

Erschreckend finde ich die Beschönigungen, die bei jedem Beziehungsstress mal murmelnd, mal entschuldigend oder auch im Brustton der Überzeugung aus der Tasche gezogen werden: »Wenn er nichts getrunken hat, ist er total nett«, oder »Ich mag mich nicht anfassen lassen, wenn er nur EIN Bier trinkt.« Auch gut ist: »Er hat sich schon immer einmal die Woche mit seiner Exfrau getroffen.« Weiterhin immer wieder gerne genommen wird auch: »Ich finde seine Eifersucht süß!«, »Es ist rein freundschaftlich«, »Er kann sich einfach nicht merken, wo seine Socken liegen«, oder ganz übel: »Männer sind halt so.«

Da gärt und köchelt es im Untergrund. Ach was, ist normal. Alles super. Nette Kinder, tolles Haus, schicker Wagen. Das gibt man nicht auf, wenn man es hat, oder strebt es an, wenn man es eben noch nicht hat. Also wird in die Tasche gelogen, als gäbe es kein Morgen mehr. Mit viel Glück und Ausdauer hält das so lange, bis die Kinder aus dem Haus sind.

Dabei ist eigentlich alles ziemlich einfach. Ähnlich wie beim Joggen. Nur nicht in den Schmerz hineinlaufen.

Plitscherplätscher. Liebesbeweise hin und her, für mich persönlich ist es ganz simpel. Ich schließe keine Kompromisse. Zumindest nicht bei Menschen. Diese Zeiten sind vorbei.

Verbringe eine erste Nacht mit einem Mann und stelle am nächsten Morgen fest, dass du seinen Morgenduft nicht magst. Diese Beziehung ist dann recht schnell erledigt. Die chemischen Zusammensetzungen haben sich für die weitere Evolution als nicht geeignet erwiesen. Ich kenne keine Frau, die jahrelang mit einem Mann zusammen ist, dessen Aroma sie spontan dazu veranlasst, sich angewidert wegzudrehen. Wenn es eine solche Frau doch geben sollte, zählen bei ihr eben andere Werte. Wenn Sie eine kennen, rufen Sie mich an! Irreparable Schäden des Geruchssinnes zählen nicht.

Eines Tages kommt ein Adonis daher. Die Nase gibt ihr Okay. Das Gefühl ist gut und verheißt nur Gutes. Er bringt seine Zahnbürste mit. Das Herz hüpft vor Freude. Das erste Mal wird die zerdrückte Zahnpastatube noch zu geschraubt – allerdings nicht von jenem wohlriechenden Geschöpf. Auch ein zweites, ein drittes Mal. Die freundliche Ermahnung an die gottgleiche Gestalt verpufft unerhört. Das gute Gefühl bekommt den ersten schwarzen Fleck. Dennoch: Diesem guten Gefühl wird die Fahne hochgehalten, weil nicht sein kann, was nicht sein darf.

Haare im Waschbecken, offenes Duschgel, zerknüllte Handtücher auf dem Boden, Single-Socken in jeder Ecke. Zum Schluss stört der ganze Mann. Hast du gesehen, wie der die Gabel hält? Geht gar nicht.

Einst Adonis und nun: ein einziger Störfaktor. Der schwarze Fleck auf dem guten Gefühl ist längst einem roten Tuch gewichen. Und warum? Weil er die Gabel wie einen Eispickel hält und diese Eigenart Schlüsse auf sein Innerstes zulässt? Nein. Viel einfacher. Der Typ passt so wenig zu dir, dass dein Unterbewusstsein hysterisch von innen an die Scheibe klopft. Aber so etwas blendet man ganz gerne mal eben aus.

Die Realität zwingt immer zu einem Kompromiss. Meiner ist zeitlebens das Badezimmer. Es ist immer zu klein oder hat kein Fenster oder beides. Wer weiß, irgendwann ist es mir vielleicht nicht mehr wichtig und dann kommt es, das große Bad mit der entsprechenden Wohnung drum herum. Oder auch nicht. Offensichtlich ist es das, was mir entspricht. Ein kleines, fensterloses Badezimmer. Andere Frauen schlagen sich mit pöbelnden oder trinkenden Partnern herum oder werden permanent betrogen. Im schlimmsten Falle bekommen sie einen für alles.

Ich bekomme kleine Badezimmer. Jedem das, was ihm entspricht.

Wie schnell und ob der Mensch, der sich so gerne

selbst belügt, dahinter kommt, steht in den Sternen und ist Stoff für so manche tiefenpsychologische Abhandlung und Aufarbeitung von Kindheits- und sonstigen Traumata.

Um uns herum fallen die Ehen wie die Fliegen. Der Freundeskreis unserer Tochter besteht aus fünfzig Prozent Scheidungskindern, die sie entsprechend nur jedes zweite Wochenende treffen kann, weil das Töchterlein am Ersten bei Papa ist, der aber leider in Unter-Schönmattenwag oder Linsengericht wohnt.

Wie dem auch sei, den Märchenprinzen gibt es genauso wenig wie das Traumloft für lau und ich esse lieber Linsengerichte, als dort hinzuziehen.

Zwar habe ich immer noch keine Ahnung, was das Glücksrezept für eine Beziehung ist, aber eines weiß ich: »Fußmassage« gehört nicht zu den Zutaten.

Anna hat einige Zeit später einen Masseur geheiratet.

Blender, Scheiner, Augenwischer

Haben Sie schon einmal bemerkt, dass selbstunsichere Personen, welche jedoch in ihrem Grundtypus eher extrovertierter Natur sind, unheimlich viel reden?

Sie reden nicht nur viel, sie reden in der Regel auch viel Müll und finden sich selbst unheimlich toll. Das Kuriose daran ist: Sie denken tatsächlich, sie könnten es. Reden, sich selbst darstellen, beeindrucken. Sicher, solche Menschen hinterlassen einen wie auch immer gearteten Eindruck. Möglicherweise können sie reden, darstellen, beeindrucken. Sprachgewandte Scheiner mit oberflächlichem Reiz. Sie blenden eine Weile. Dann ist das aber auch gut. Die Ernüchterung folgt auf dem Fuße nach dem Öffnen des Deckels. Spätestens dann, wenn man die Gelegenheit hatte, auf den Grund zu schauen.

Ähnlich wie bei einer Anti-Falten-Augencreme. In der Werbung hochgepriesen. Schön verpackt. Handschmeichelnd und extravagant kommt sie daher. Ein Hochgefühl überkommt uns, wenn wir sie im Regal entdecken. Wir öffnen die Verpackung und ziehen etwas heraus, das dem Bild in der Werbung recht nahekommt, jedoch nur halb so groß ist!

Die Begeisterung hat somit ihren ersten Knacks. Die Erwartungshaltung Part I wurde nicht bedient. Egal, der Inhalt - wenn nun auch etwas karger als erhofft - scheint vielversprechend. Nach einer Woche ist das Döschen leer. Der Finger stößt früher als gemutmaßt auf den Boden der Tatsachen, weil dieser zwei Zentimeter dick ist, was man von außen natürlich nicht erkennen konnte. Wer liest schon den mikroskopisch kleinen Hinweis der Milliliter-Angabe auf der Rückseite der Verpackung ganz unten links?

Trickreich manipulative Suggestion! Und Falten hab ich immer noch. Erwartungshaltung Part II und III wurde ebenfalls nicht bedient. Diese Creme wird künftig weiträumig umgangen und bei der nächsten vorab die Verpackung geöffnet und der Boden unter die Lupe genommen.

Bei Menschen ist das bedauerlicherweise nicht so einfach. Vielschichtige Einzelkomponenten erschweren das Erkennen eines solchen Typus. Ähnlich wie Scharlach. Es gibt 98 Streptokokken-A-Erreger, die sich frei Laune zusammenrotten und Scharlachpartys feiern. Scharlach kann rote Bäckchen machen, muss aber nicht. Scharlach ist auch nicht immer mit Ausschlag verbunden. Abhilfe schafft hier nur eine genaue Inaugenscheinnahme in Form eines Abstriches. Extrovertierte Vielblubberer mit parasitärem Lebensstil müssen nicht unbedingt Blender sein. Erlebnishungrige Bungee Jumper auch nicht. Manchmal lohnt ein Blick hinter die Fassade.

Bleibt die Frage: Wie also erkenne ich einen, wenn er mir begegnet? Wahrscheinlich gar nicht. Zumindest nicht bewusst. Vielleicht beeindruckt solch ein Mensch im ersten Stepp, übt Faszination aus. Das unmittelbare Zweitgefühl könnte dann Aufschluss geben. Kennen Sie das? Sie lernen einen Menschen kennen, der sie beeindruckt. Sie schütteln ihm die Hand und irgendetwas veranlasst, innerlich einen Schritt zurückzutreten. Tritt dies ein, bleiben sie dort. Das Bauchgefühl vermittelt oftmals genau die richtige Einschätzung, auch wenn sie nicht bis ins Hirn vordringt. War die Werbung jedoch so gut und eingängig, dass wir das Produkt bereits geöffnet in der Hand halten, hilft nur noch Schadensbegrenzung. Umtausch ausgeschlossen.

Für die Zukunft: Nicht mehr kaufen und die nächste Mogelpackung ungeöffnet zurückgeben. Vorausgesetzt, sie wurde als Solche erkannt.

Nicht ohne meine Östrogene!

Mit ungefähr der Mitte des vierzigsten Lebensjahres scheint es erstrebenswert, persönliche Ziele, soweit vorhanden, annähernd erreicht zu haben oder sich zumindest in einem gewissen Zustand der Zufriedenheit zu befinden.

Gehen wir davon aus, das Projekt Zielerreichung oder angenehmer Zufriedenheitspegel wurde in weiten Teilen umgesetzt, so lehnt man sich zurück, schaut sich das Ganze bewusst an und resümiert: alles wunderbar. Kann so bleiben.

Dann packt sie dich, die Erkenntnis, dass du massiv auf die Wechseljahre zusteuerst oder schon direkt drin bist. So genau kann das keiner sagen, weil dieser Mist bei Frauen gut 15 Jahre dauern kann. Die Grenzen zwischen Beginn und Ende sind fließend und können nicht mal hundertprozentig über einen Hormontest fixiert werden. Je nach Tageszeit, Laune, Fett- und Antibiotikumgehalt der Vortagesmahlzeit.

Mal ehrlich, haben wir als Frau nicht sowieso schon und völlig ungerechtfertigterweise den Stempel des schwachen Geschlechtes? Kurz aufgelacht. Wir pubertieren im Laufe eines weiblichen Lebens gleich zweimal und zwischendrin bekommen wir einmal im Monat Bauchkrämpfe, welche sich immer den besten Zeitpunkt, wie zum Beispiel den jährlichen Urlaub, aussuchen. In jungen Jahren werden wir schlagartig mit Östrogen zugeschüttet, die Brüste wachsen, die Hüften werden rund, die Pickel sprießen. Nach einer Weile lichtet sich das Hormonchaos und wir haben uns daran gewöhnt, mehr oder weniger.

Knappe dreißig bis fünfunddreißig Jahre später spult der Film rückwärts. Das Östrogen hat keine Lust mehr und zieht sich zurück. Der langsame Rücklauf jedoch funktioniert nicht in allen Bereichen so, wie wir es gerne hätten. Ich gebe zu, die Zeit ohne diesen monatlichen Dorn stelle ich mir recht angenehm vor. Die dämlichen Begleiterscheinungen jedoch müssten nicht sein. Hat das Östrogen damals Brust und Hüften wachsen lassen, läuft das jetzt nicht unbedingt umgekehrt. Blöde Sache. Die Brüste schrumpfen zwar, das Gewebe aber bleibt und zieht nicht nur deine Selbstachtung nach unten. Die Hüften schrumpfen allerdings nicht. Schön wäre es. Nein, sie wachsen weiter, weil sich der Stoffwechsel ohne sein Östrogen auch nicht mehr so frisch fühlt und in aktive Altersteilzeit wechselt. Er ist zwar noch da, arbeitet jedoch nur noch anteilig. Wir setzen mehr Fett um die Körpermitte an, um das in kalten Wintern zu schützen, was wir dann sowieso nicht mehr brauchen. Totale Fehlplanung.

Könnten wir nicht auf die letzten Meter noch mal schön schlank, glatt und gerafft sein? Nein, können wir nicht, weil die Natur vorsieht, nur die Gebärfreudigen und –fähigen ins Beuteschema fallen zu lassen. Verabschiedet sich bei uns das letzte Ei, können die Herrschaften noch so lange Nachkommen zeugen, bis sie tot überm Pissoir hängen. Das ist der Gipfel der Evolutionsunverschämtheiten. Wenn dann kein finanzielles Polster zur besonderen Verfügung träge auf dem Konto liegt, um die Vielfalt der Schönheitschirurgie auszutesten, wird man sich weise und erhaben dem ganz natürlichen Prozess überlassen müssen. Wenn ich es mir so recht überlege, ist das angesichts der zuhauf in den Medien vertretenen Botox-Monster sicher nicht das Falscheste.

Wir Frauen müssen irgendwann mal während der Schöpfung ganz laut »Hier!« geschrien haben. Hier, wir nehmen das künftige Leid aller Menschen auf uns und bluten prophylaktisch einmal im Monat vor! Scheint bis heute ein gut funktionierendes Modell zu sein. Läuft immer noch. Never change a running system. Aufregen bringt nichts.

Und die Männer? Das starke Geschlecht? Meine lieben Damen, liebe Mütter und Verbündete. Mal ehrlich, wie vielen Männern gebt ihr die Chance eine Geburt zu überleben? Richtig. Keine. Die Menschheit wäre ausgestorben, würde das starke Geschlecht präventiv vorbluten. In der Jugend kämpfen sie ebenfalls mit Pubertät, dem einhergehenden Stimmbruch und die einzige Flüssigkeit, die je nach Beanspruchung unter Umständen mehr als einmal monatlich den Körper verlässt (und nichts mit der Niere zu tun hat), ist nicht rot und stets willkommen. Wie angenehm.

Kommen wir in die Wechseljahre, kommen sie in

Midlife-Crisis. Das klingt nicht nur besser, ist es auch.

Haben wir Schweißausbrüche, weil die Hormone versuchen, sich auf Teufel komm raus gegenseitig zu ersetzen, haben sie Schweißausbrüche, wenn die nette junge Nachbarin ein zartes, junges »Hallo« haucht.

Leiden wir unter Schwindelanfällen, weil der Körper sich umstellt, ist ihnen blümerant, wenn sie zu viel trinken oder sich mit Mitte fünfzig noch mal ins Cabrio setzen (das sie sich erst jetzt leisten können) und zu schnell fahren.

Was für uns der Töpferkurs zur Selbstfindung ist für sie die neue junge Frau mit dem Wahnsinnshintern unterhalb unverdorbener Lebenslust.

Ist die Midlife-Crisis nichts anderes, als der verzweifelte Versuch eines alternden Mannes, seine Samen nochmals erfolgreich in die Welt zu streuen? Das Resümee in der Lebensmitte? Reichen ihm Frau und Kinder? Ist der Job der richtige? Hat er alles getan, was er tun konnte? War es das jetzt? Er stellt seine Erfolge infrage und sich in Szene. Einige setzen dann noch mal ganz neu auf.

Wenn ich detailliert darüber nachdenke, dann haben wir Frauen nicht nur die Wechseljahre, sondern zu allem Überfluss die Midlife-Crisis gratis dazu. Auch wir ziehen Resümee und so manche fragt sich, ob es das jetzt war mit der 120-Kilo-Flachzange auf dem Sofa, die Arsch und Hirn nicht mehr hochbekommt.

Wir versuchen, uns zu erhalten. Sie versuchen,

sich zu vermehren. Ganz simpel eigentlich, wenn man es schwarz-weiß sieht. Tun wir aber nicht, dafür sind wir Frauen. Wir sind verständnisvoll und beleuchten immer alles von allen Seiten, um es allen anderen und uns selbst recht zu machen. Wir sind stolz darauf, was wir sind und insgeheim wissen wir, dass das vermeintlich »starke Geschlecht« unterhalb von Weicheiern begrenzt ist. Und trotzdem lieben wir es!

Warum erzähle ich das alles? Nun ja, ab Mitte vierzig ist man eben keine dreißig mehr.

Von kleinen Zielen

Seit geraumer Zeit versuche ich den Ratschlag einer Freundin, sich überschaubare Ziele zu setzen, mit mehr oder weniger großem Erfolg umzusetzen.

Im Einzelnen betonte sie insbesondere dies eine Ziel: Gelassenheit üben. Nur nicht über Nichtigkeiten aufregen. Ein weiteres ist, große Ziele in viele kleine aufzuteilen. Früher sagte ich mir: Wenn du zehn Kilometer nicht in 6:30 Minuten pro km zu laufen imstande bist, schäm dich! Das muss drin sein.

Heute laufe ich entspannt zwei bis dreimal fünf Kilometer die Woche oder auch nur einmal drei oder gar nicht, wie gesagt, kleine Ziele. Dabei fühle ich mich gut.

Erst letzte Woche haben mich zwei übergewichtige Walker überholt. Sie grinsten mir schadenfroh zu und ich hob ungerührt den Daumen in ihre Richtung und verzog mein Gesicht zu einem würdevollen Lächeln.

Der Weg ist das Ziel und falscher Ehrgeiz die Bremse dahin. Der Berg ist hoch.

Vor zwei Tagen absolvierte ich meine gemütliche Runde mit gemäßigtem Herzschlag, da lachte mich bei Kilometer Fünf eine aparte Grünfläche mit zwei Parkbänken an. Ach, dachte ich, da findest du jetzt einen Moment zu dir selbst, und ließ mich auf einer Bank nieder.

Die Schaukel, das Klettergerüst und die Wippe störten mich nicht. Auch nicht die beiden gar überaus possierlich anzusehenden Kinder, welche friedlich nebeneinander im Sandkasten spielten. Vier Jahre alt mochten sie sein, vielleicht auch fünf. Ein Mädchen, blond gelockt und engelsgleich. Ein Junge, frecher Haarschnitt, kecke Nase, blaue Latzhose und rotes Halstuch. Niedlich! Sie häuften Sand auf, gruben Löcher, häuften Sand auf und gruben Löcher. Hach, Kinder! Ihre Mütter saßen auf einer mir gegenüberliegenden Parkbank nebeneinander, still und im Anblick auf ihre Nachkommenschaft vertieft. Die blonde, dauergewellte, etwas fülligere Dame gehörte dem Äußeren nach fraglos zu dem kleinen Engelchen. Die rothaarige Mittdreißigerin nach menschlicher Voraussicht zu dem Jungen. Soweit ich erkennen konnte, hatte sie die Lider gesenkt. Wahrscheinlich war sie vor lauter Entspannung eingenickt. Das Leben ist einfach und schön.

Ein Idyll der Ruhe und Meditation. Genau das brauchte ich jetzt. Der Lauf hatte mich doch etwas erschöpft. Die Sonne kam heraus. Ich schloss meine Augen und döste gelöst vor mich hin.

»Meine Schaufel, du Loch!«

Ich öffnete ein Auge.

»Nein, die Rote ist doch meine. Dir ist die Gelbe«, sagte der kleine Junge kleinlaut und zeigte auf eine gelbe Schaufel, die einsam im Sand lag.

»Piss dich, du Arsch!«

Ich öffnete das andere Auge. Kamen diese unflätigen Worte von dem putzigen Mädchen? Blauäugig, blond gelockt und rosige Bäckchen? Mein Blick erhaschte Unfassbares. Das knuffige Püppchen hatte sich in eine Furie verwandelt. Hasserfüllt schaute sie den Jungen an; die blonde Mähne hing ihr wirr wie ein Mopp ins vor Wut gerötete Gesicht, während sie fleißig dabei war, ihrem Gegenspieler etwas Rotes aus den Händen zu reißen. Mit Erfolg. Doch damit war dem noch kein Ende gesetzt. Das Herzchen begann, wild mit der Schaufel auf den Jungen einzudreschen. Der versuchte erfolglos, sich zu wehren.

Wie gesagt, ich war ausgesprochen erschöpft und übte mich in Gelassenheit. Kinder ..., dachte ich. Nun, Mama wird das schon regeln und helfend einspringen.

Demnach beschloss ich, mich nicht aus der Ruhe bringen zu lassen und senkte meine Lider ein weiteres Mal hinab.

»NAOMI«, ertönte es donnerschlaglaut von nebenan, »lass den verdammten Balg in ruh´.«

Mein Idyll verabschiedete sich und ging schon mal heim.

Die kleine Blonde hatte jedoch nicht die Absicht, aufzuhören. Seitens der Mutter folgte sogleich eine etwas massivere, gar dröhnende Aufforderung: »Naomi Schwöbel, här soford uff oder isch knall dir äni!«

Offenbar regelt man in diesen Geläufen die Erziehung über Zuruf. Die Dame brüllte zwar wie eine rasende Löwin, dachte jedoch nicht daran, aufzustehen, um die Zerstörungswut ihres wohlgeratenen Engelchens zu unterbrechen. Kaum aufgebrüllt, schon lehnte sie sich zurück und zündete sich in stoischer Gelassenheit eine Zigarette an. In diesem Moment wachte ihre Banknachbarin auf, erkannte sofort die brenzlige Situation und eilte zu ihrem Sohn. Löckchen hieb immer noch auf den Kleinen ein und schrie dabei wiederholt: » Schaufel. Meine Schaufel!«

Die Mutter des Jungen nahm dem tobsüchtigen Biest den Tatgegenstand weg und zog ihren Spross aus der Gefahrenzone. Während sie ihrem Filius den Sand aus dem Mund pulte, wandte sie sich halb zu Madame Schwöbel um und sagte folgende Worte: »Ich glaube nicht, dass es haltbar ist, wenn mein Lars-Olaf weiterhin mit Ihrer Tochter spielt.«

Wie gesagt, war ich über die Maßen erschöpft. Zu erschöpft, um mich zu erheben. Vielleicht aber auch zu neugierig, um zu gehen. Es versprach, interessant zu werden.

Mama Schwöbel wurde verdächtig rot im Gesicht und stürzte sich gleich darauf mit Kriegsgeheul auf Lars-Olafs Erziehungsberechtigte. Diese ließ überrumpelt die Schaufel fallen und von ihrem Kind ab. Die blonde Bratze saß im Sand und schrie nach ihrer roten Schaufel.

Das war ein Gewusel und Gemenge vor dem Herrn. Irgendwann hatte Engelchen die rote Schaufel wieder und Lars-Olaf saß gefesselt und geknebelt auf der Wippe. Die alte Schwöbel kniete auf der Rothaarigen und war gerade dabei, deren Aufbegehren mit Sand zu ersticken. Sie nahm dazu die gelbe Schaufel. Die rote hatte ja ihre Tochter.

Nun, ich war immer noch sehr erschöpft. Voll des Vertrauens in die Vernunft und Weitsicht erwachsener Menschen, atmete ich tief durch. Der Berg ist hoch. Übe Gelassenheit.

Jemand musste wohl die Polizei gerufen haben. Ich hörte das typische Jaulen von Sirenen. Aber da war ich schon längst zu Hause.

Alltägliches

Neulich im Theater

Dann und wann wünschen wir, mein stets weiser Ehemann und ich, einen gepflegten Abend abseits unserer Freunde und sonstigen Familienanhanges zu verbringen, und besuchen ein Theaterstück.

Wir nehmen dies zum Anlass, uns der bequemen, alltagstauglichen Kleidung, wie wir sie in den heimischen Abendstunden zu tragen pflegen, zu entledigen und in etwas Unbehagliches zu schlüpfen. Mit einem tränenden und einem erfreuten Auge legen wir den Schlabberlook beiseite und schälen die Abendgarderobe, welche vorzugsweise in Schwarz gehalten ist, aus ihrer Schutzhülle. Das Binden der Krawatte wird aus Vorsichtsgründen bereits eine Woche zuvor erprobt.

So entschieden wir uns für ein Schauspiel mit literarischem Anspruch. Unsere Wahl fiel auf das Stück: »Wenn du geredet hättest, Desdemona«. Fiktive Reden von Frauen aus Geschichte und Literatur von der Antike bis zur heutigen Zeit nach dem Buch von Christiane Brückner. Insbesondere die Rede der Hetäre Megara an Lystrate und die Frauen von Athen interessierte mich brennend. Ebenso die Darlegung von Maria in der Wüste oder die Worte der Effi Briest. Der kleine gedankliche Seitengang, dass durch dieses Thema mein Mann etwas über weibliche Ansichten hinzulernen könnte, sei hier nur am Rande erwähnt.

Es versprach, ein höchst unterhaltsamer Abend zu werden.

Lange vor Beginn kamen wir im Schauspielhaus an und nahmen einen kleinen Drink im Theatercafé. Die feudale Atmosphäre, der Geruch von Kultur und die wohltuend verhaltenen Gespräche anderer Theaterbesucher berieselten uns bereits vor dem kulturellen Hochgenuss auf angenehmste Art und Weise.

Lediglich eine blond gewellte Dame im Dirndl drei Stehtische neben uns wirkte ein kleines bisschen deplatziert. Ihre roten Wangen verrieten Aufregung. Offenbar schien dies ihr erster Besuch in einem Rahmen wie diesem. Mein kritischer Mann erwähnte beiläufig, dass er einen akuten Fieberschub bei der Lady nicht ganz ausschließen könne. Schnell zerstreute ich seine Bedenken und schob ihr rot glänzendes Gesicht dem Sekt zu. Sie hustete ein wenig. Na und? Jeder verschluckt sich mal.

Der Gong rief uns in den heiligen Saal. Wie es sich gehört, ließen wir uns unsere Plätze zeigen, schritten leise und manierlich durch die Reihen, bevor wir uns etwa in der Mitte, achte Reihe von vorn, ehrfürchtig niederließen. Hach, wie aufregend. Da war ein Rascheln und Raunen, ein Flüstern und Hüsteln.

Die rotgesichtige Dirndlträgerin nahm den Sitz hinter uns.

»Die hat Fieber!«, raunte mein Mann leicht panisch.

»Ach was, nur zu viel Sekt«, beruhigte ich zuversichtlich. Schließlich ginge kein Mensch mit erhöhter Temperatur ins Theater.

Noch bevor er etwas erwidern konnte, wurde das Licht gedämpft. Erwartungsvolle Stille breitete sich aus. Endlich.

Dirndl bekam einen Hustenanfall. Ein maskulines Schwergewicht schräg vor uns drehte sich überraschend wendig um und zischte ein verächtliches »Pscht!« in meine Richtung.

Der Begleiter der Fiebrigen klopfte ihr wohlmeinend und deutlich hörbar den Rücken, was diese zu einem Stakkato von kurzen Hüsterchen veranlasste, während sie versuchte, dem Klopfenden etwas mitzuteilen. Zu mir drangen nur einige Wortfetzen, unterbrochen von Hustenanfällen, Lufthochziehen und vielfältigen »Pschts« aus unterschiedlichen Richtungen. Die Worte Hustenbonbons, Aspirin und Vollidiot waren deutlich herauszuhören.

Aber ich bin gut im Ignorieren unliebsamer Lärmquellen. Auf Dauer können sie die Konzentrationsfähigkeit und den Schlafrhythmus stören, außerdem Tinnitus und Herz-Kreislaufbeschwerden auslösen. Ich kann störende Umgebungsgeräusche auf null Dezibel drosseln. Eine sehr erstrebenswerte Eigenschaft, die eine Mutter im Laufe der frühkindlichen Entwicklung des Nachwuchses zu erlernen imstande ist. Im Ausblenden bin ich gut. Außer, ich sitze im Theater.

Applaus! Der Vorhang öffnete sich. Die Indisponierte schien zur Erleichterung aller mit einem

Hustenmittel ruhiggestellt. Und ich war bereit, mich der Darbietung mit Leib und Seele auszuliefern. Es konnte losgehen: Kultur, komm über mich.

»Entschuldigung. Verzeihung. Darf ich mal. Danke. Ach Gottchen, ist mir das peinlich. Die Uhr … Sie verstehen. Hahaha …«

Voluminöse Oberschenkel in abgetragenen Jeans zwängten sich an meiner zarten Abendgarderobe vorbei und ich unterdrückte den Impuls, dem Träger die Spitze meines schwarzen High Heels in den Fußspann zu bohren. Können Sie sich vorstellen, wie dämlich eine Dame im Abendkleid mit angezogenen Knien aussieht?

Mr. Jeans und Gattin Cordhose an Polyesterbluse ernteten solidarischen Unmut, bis sie schließlich an Platz achtundzwanzig gelangten. Unerhört, Bauerntölpel, Kulturbanausen! Ich schnaubte verhalten durch die Nase. Bis zum Zwischenakt hätten sie warten sollen. Leise und geduckt mit Handschellen und Maulkorb gehörten sie reingeführt. Ach was, abgeführt, mitsamt Dirndl und Husten.

Ruhe kehrte ein. Als Auftakt erklang das Gebet von Maria in der judäischen Wüste. »Wo hast du deine Sprache verloren, Maria?«

Schon versank ich in diesem Meisterwerk, in dieser überaus ergreifenden Darstellung der Mutter Jesu.

»Die muss doch da irgendwo …, hast du nicht …? Herrje, wo ist das Wasser? Friedrich!«

»Warte. Ich hab's gleich. Muss das jetzt sein? Jesus, Maria und Joseph!«

Ja! Maria! Da vorne, du Fettbacke. Maul halten. Wir sind hier im Theater, nicht im Kino.

Liebend gerne hätte ich mich umgehend mit dem Stopfen von hustenden und meckernden Mündern beschäftigt, um nachfolgend mit Ruhe und Besinnlichkeit dem Schauspiel folgen zu können.

»Ich habe Durst«, jammerte Dirndl, »Mein Hals ist so trocken«.

»Pscht!«

»Pst!«

»Leise!«

Anscheinend befand sich nicht nur Maria in der Wüste. Dirndl öffnete die gefundene Flasche. Es zischte. Es sprudelte. Dann gluckerte es. Offenbar trank sie die Flasche mit einem Zug leer.

»Ah«, hörte ich sie definitiv zu laut aufstöhnen. »Das hat gut getan. Danke, Friedrich!«

Vor meinem inneren Auge wischte sie sich mit dem Handrücken über den Mund und verteilte dabei großzügig Lippenstift auf Wange und Kinn. Ich wartete auf den Rülpser. Leider vergebens.

Wir hofften auf Besserung und blickten beherrscht zur Bühne. Die freie Sicht besänftigte unsere aufgewühlten Gemüter. Wir hatten Glück. Die Plätze direkt vor uns blieben unbesetzt.

Moment! Vor uns saß niemand. Ganze vier Plätze nicht. Kaum gedacht, schon geschehen. Grimmiges Geraune und fassungsloses Gemurmel von weit links kündigte Schreckliches an.

»Eh, voll die coole Location hier!«

»Ja, ey. Echt krass, Alder!«

»Wer isn die Tussi da vorne?«

»Ey! Hörma Jason, das is Maria, die von Jesus und so. Hasdu nich Programm gelesen, du Opfer?«

Alle Arten der Ungläubigkeit und »Pscht-Vielfalt« kreiste uns ein und wühlte sich wie eine Welle durch den Raum. Die Unherhörts, Frechheits und Banausens zählten wir nicht mehr.

Leise weinten wir in unser Programmheft und starrten nach vorne. Maria sah hübsch aus, das musste reichen. Verstehen konnten wir sie nicht.

Offenbar fühlte sich die kuriose, kulturbegeisterte Gruppe auf den Plätzen vor uns recht behaglich, unterhielten sie sich doch lautstark darüber, wie ihnen diese »Szene« gefällt. Besser als im Kino, so ganz ohne mit Werbung und so ein Scheiß. Krass.

»Diese Megadingsda ist voll die Sahneschnitte.«

»Hemisphäre, du Vollpfosten. Gib mal die Chips rüber.«

»Hetäre!«, brummte mein stets gelassener Mann zornesrot. Ich zog ihn auf den Sitz zurück und tätschelte ihm die Hand. Es hätte schlimmer kommen können. Wir hatten weder Fieber noch Husten und unser pubertierender Nachwuchs war weit weg.

»Pscht!«

»Friedrich? Hast du mal ein Taschentuch? Danke. Hatschi!«

»Ey, Marcel, mach ma den Cola auf.«

»Voll die Idee! Isch mach jetzt ein Foto von der Tuss!«

»Mach dein Handy aus, ey! Iss nich erlaubt hier …«

»Bist du sicher, Martinus?«

Oh, Letzteres kam von der Bühne. Der Rest von Megaras Monolog ging im Klingelton eines Handys ungehört an uns vorüber. Indes weilte das Stück bei den Tischreden der Katharina Luther, und Mrs. Polyesterbluse litt unter akuter Blasenschwäche.

Nebenbei bemerkt stärkt wiederholtes, regelmäßiges Anheben der Beine im Sitzen, mit einer leichten Drehung zur Seite, die Bauchmuskulatur. Und bringt meinen Mann zum Rasen.

Nachdem die Worte von Klytämnestra an den toten Agamemnon, König von Mykene, im Rascheln der Chipstüte verhallten, schloss sich der Vorhang, begleitet von dröhnendem Applaus.

Pause.

Wir, mein stets beherrschter Mann und ich, teilen die Meinung, dass wir den nächsten kulturellen Ausflug dieser Art möglicherweise ein klein wenig verschieben. Genau genommen und aus Gründen des Seelenfriedens ist einmal im Jahr doch recht häufig. Eventuell sollten wir über den Besuch einer Oper nachdenken. Oder eines Balletts? Oder vielleicht doch wieder Kino? Einen Unterschied macht es heutzutage ja sowieso nicht mehr.

Schönes Wetter ab fünfzig Grad

Wenn der Mensch viel arbeitet, braucht er ab und an ein wenig Urlaub. Die Einen zieht es ins Kühle, die Anderen an Palmenstrände. Meine Freundin Silke und ich gehören zu den Anderen. Spontan entschlossen wir uns zu einem Pauschalurlaub in Zentraltunesien, in der Nähe von Monastir. Faszinierende Wüste. Respekteinflößend und fesselnd. Der nötige Ausgleich für Monate der Arbeit und Strapazen.

Auf einem Teil der Reise bot uns das Hotel Karawanserei bei Douz, am Rande der Sahara, innerhalb eines pauschal gebuchten Ausflugspaketes, Quartier für eine Nacht. Das Etablissement wirkte von außen eher wie eine Festung als eine Stätte der Entspannung.

Am nächsten Morgen weckte uns ein Scheppern von tausend Topfdeckeln erwartungsgemäß zur Unzeit. Man jagte uns aus den Zimmern und warf die Koffer hinterher. Kurz darauf karrte uns ein klimatisierter Bus direkt bis vor die Beduinenzelte und kippte uns quasi auf die Rücken der geduldigen Kamele.

Unbeschreibliche Eindrücke brannten sich auf Jahre in unser Gedächtnis. Dieses weite Land fernab jeglicher Zivilisation legte sich mit seiner allumfassenden Ruhe wie Balsam auf unsere Seelen. Und auf die aller anderen getriebenen Pauschaltouristen.

Die beeindruckende Weite, der feine Sand, die sich am Lagerfeuer vor ihren Zelten wärmenden Beduinen, dies alles übte eine unglaubliche Faszination auf uns aus. Wir und die anderen achtundsiebzig Mitreisenden seufzten einen kurzen Moment entspannt auf.

Die Vorfreude auf den Ausritt zu einer Oase, die, wie man uns mitteilte, knappe zwei Stunden entfernt lag, oder nur unwesentlich mehr, ließ unsere Augen leuchten.

So brachte uns ein kurzweiliger, kaum vierstündiger Ritt auf den gutmütigen Wüstenschiffen bei gefühlten vierzig Grad im Schatten zur versprochenen Wüstenoase. Genauer, an einen Kiosk.

Ein Kiosk? Mitten in der Wüste? Ja, ein Kiosk mitten in der Wüste! Egal, wir alle lechzten nach Wasser und einem Stückchen Brot. Der Kamelführer hob die Hand und rief etwas Unverständliches, woraufhin die Kamele abrupt stehenblieben, sich nach vorne absenkten, und schließlich das Hinterteil ebenfalls zu Boden senkten. Silke kippte fast vornüber, blieb jedoch zum Glück mit ihrer Gürtelschnalle am Sattelknauf hängen.

Kaum waren wir abgestiegen, gab uns der liebenswürdige Beduine mit Handzeichen zu verstehen, dass wir uns hintereinander aufstellen sollten, um dem begehrten Nass inmitten der Wüste möglichst bald habhaft zu werden. Also taten wir das, was alle Deutschen gut können: Wir reihten uns in die Warteschlange und fühlten uns wie zu Hause.

Noch keine halbe Stunde später vernahmen wir

von weit vorne einen Ruf.

»Seht!«, rief ein verdurstender Mitreisender beglückt, »Seht nur!« Mit ausgestrecktem Arm deutete er auf ein aufgestelltes Schild mit der Aufschrift: Trinken - Essen - Badeartikel.

»Trinken!«, jubilierten wir und erhoben die Hände, »Essen!« Und etwas skeptisch »Badeartikel?«

In diesem Moment brach eine Frau vor uns in Tränen aus. »Ein Pool! Oh mein Gott, ein POOL!«

Tatsächlich. Kurz nach dem kleinen, weißen, in der Ferne kaum erkennbaren Gebäude leuchtete etwas Blaues. Die Verlockung zerriss mich fast.

Silke heulte: »Was sollen wir tun?«

»Warten«, krächzte ich in einem Anflug von Selbstbeherrschung.

Die gesichtslose Masse am Anfang der Schlange konnte jedoch nicht an sich halten. Zu nah leuchtete das erfrischende, kühle Blau des Wassers. Kurzerhand überwältigten einige von ihnen den Kamelführer, der erfolglos versuchte, den Mob zurück in die Reihe zu zwingen.

»Wollen wir auch in den Pool?«, hauchte Silke zwischen vertrockneten Lippen hervor.

»Niemals«, stöhnte ich, während ich mir die letzten Schweißtropfen von den Armen leckte.

Trinken! Essen!

Nach zwei Stunden brach eine dehydrierte Frau vor mir zusammen. Ein gnädiger Mitreisender trat kühn aus seiner gesicherten Position und zog die Glückliche bis an den Pool. Dann stürzte er in die

Schlange zurück. Er musste sich hinten anstellen. Wir hatten eine undurchdringbare Gesamtheit gebildet.

Langsam, sehr langsam ging es vorwärts. Die gleißende Sonne ließ uns taumeln und an unseren Füßen rasselten Ketten. Bei jedem Schritt wirbelten sie den mörderischen Sand der Wüste auf.

Da. Ein Aufschrei!

Gequält blickten wir Richtung Pool. Von dort kam der Laut. Vom Ort der Erlösung. Ein weiterer Schrei. Und noch einer. Viele Schreie. Nein, eher Gebrüll. Wütendes, verzweifeltes Gebrüll einer wütenden, verzweifelnden Herde.

Nervös reckten wir unsere Hälse, um einen Blick ins Getümmel zu erhaschen. Mit einem Male stürzten alle nach vorne. Aus dem Augenwinkel registrierte ich, dass manche versuchten, den Kamelführer im Pool zu ersäufen. Recht so. Hat er verdient, der Sklaventreiber.

Schließlich löste sich die Schlange auf. Eben noch das letzte Glied der Menschenkette, standen wir in dieser Sekunde direkt vor dem Kiosk. Der letzte Schweißtropfen verdampfte zischend in der Luft, als wir das lieblos aufgestellte Informationsschild vor der heruntergelassenen Jalousie entzifferten:

Nur bei schönem Wetter geöffnet. Schönes Wetter ab 50 Grad.

Entgeistert starrten wir uns an und stürzten umgehend zum Pool. Dort halfen wir, den Kamelführer zu ertränken.

»Mama?«

Verblüfft löste ich meine verkrampften Finger aus dem schwarzen Schopf des Beduinen.

»Mama, aufwachen!«

Etwas Kühles tropfte zwischen meine Schulterblätter. Ich schmatzte.

Trinken? Essen?

Meine Lippen rieben auf Sandpapier. Langsam öffnete ich die Augen. Chlorgeruch. Gras. Kiefernbäume.

»Ich hab Hunger«, maulte Ella, meine liebreizende Tochter, »Darf ich mir ein Fleischkäsebrötchen holen?«

»Trinken, essen«, flüsterte ich lächelnd.

»Hä?«

Umständlich setzte ich mich auf, fischte drei Münzen aus der Badetasche und hielt sie meiner Tochter hin. »Ach, nichts. Bring mir ein Wasser mit, bitte.«

Einmal Lattenrost mit Bier, bitte.

Das größte Verletzungsrisiko liegt im Bereich simpler Haushaltstätigkeiten. Insbesondere, wenn Spinnen eine Rolle spielen.

Der Mann - nennen wir ihn der Einfachheit halber Mann - soll seiner Frau eine Spinne aus der oberen linken Zimmerecke entfernen. Aus genau jener Ecke über dem Bett, die in minimal schräger Führung exakt auf das Kopfkissen der werten Gattin zeigt. Sollte die Spinne auf die widersinnige Idee kommen, aus ihrem sicheren Netz zu einem Hechtsprung anzusetzen, um eine dünnsilbrige Brücke von der Wand zum Kopfkissen zu schlagen, dann käme das einer Katastrophe gleich. Und wie Frau weiß, kommen hinterlistige Spinnen mit Vorliebe nachts auf derlei Einfälle. Womöglich dann, wenn die Dame des Hauses in diesem Moment auf dem Rücken schläft. Mit geöffnetem Mund. Sie wissen schon.

Nebenbei sei bemerkt, dass wir im weiteren Verlauf der Geschichte die Frau einfach Frau nennen.

Blöde Spinne!

Frau: Mach das weg.

Mann: Ich?

Frau: Wer sonst?

Mann ist ein ganzer und steigt in heroischem Gleichmut aufs Bett.

Frau: Stopp!

Mann: Was ist denn jetzt schon wieder?

Sie presst die Lippen aufeinander und rennt aus dem Zimmer, stolpert die Treppe hinunter. Kurz darauf steht sie atemlos und mit geröteten Wangen wieder in der Tür. Den Staubsauger für sich selbst sprechend in der Linken, den Stecker in der Rechten. Frau schließt das Spinneneinsaugnotfallgerät an den Strom an, und gibt den Startbefehl.

Spinne beobachtet die Hektik unter sich, kratzt sich am Kinn und denkt sich ihren Teil.

Mann hebt den Arm. Unerschüttert, angstfrei und bereit, dem Tier den Garaus zu machen. Er richtet sich zu seiner vollen Größe auf, lächelt, genießt die Macht und die Bewunderung seiner Angetrauten. Er hat sie alle in der Hand. Er, der Drachentöter vom Haselnussgässchen in Schnöpensried.

Frau erbebt, und drückt sich an die Wand, den Staubsauger schützend vor sich haltend. Den Finger am Abzug.

Mann streckt den Arm noch weiter aus. Jetzt hat er sie gleich. Jetzt, noch ein Stück, ein bisschen noch ...

Dann bricht der Lattenrost.

»Scheissdreckslattenrostblöderhältvielzuwenigge-wichtaus!«

Blut quillt aus der Socke. Mit schmerzverzerrtem Gesicht sinkt er jammernd zu Boden.

Spinne steppt einen Schritt nach rechts. Frau schreit auf. Mann beißt die Zähne zusammen, weil er ja ein ganzer ist, ignoriert den bohrenden

Schmerz und versucht gewaltsam, die demolierte Latte zu entfernen. Doch diese sträubt sich ähnlich wie die Spinne. Mann wird ungeduldig. Zornesröte steigt ihm ins Gesicht. Er rückt dem widerspenstigen Rost energischer zu Leibe, rutscht mit der Hand ab und rammt sich das gebrochene Ende der Latte in den Handballen.

Frau presst erschreckt eine Hand vor den Mund. Mit der anderen hält sie den Staubsauger hoch.

Mann jault auf, bricht vor dem Bett zusammen und verlangt nach einem Krankenwagen. Spinne findet das doof und huscht Richtung Vorhang. Frau quietscht, springt mit gezücktem Staubsaugerschlauch zum Fenster und öffnet es.

Jetzt kauert Mann unter dem Fenster und beschließt knapp. »Frau, mach du das mit der Spinne, der Lattenrost hält mich nicht aus. Aber ruf vorher einen Arzt. Bitte.«

Frau überhört sein Flehen und hypnotisiert Spinne. Sie soll aus dem geöffneten Fenster verschwinden.

Spinne möchte das nicht, überlegt eine Weile und begibt sich hastig in ihre kuschelige Zimmerecke. Frau flucht, heult und stampft mit dem Fuß. Dabei wirft sie den Staubsauger Richtung Spinne, vergisst jedoch, ihn vorher einzuschalten.

Mann erschrickt, duckt sich zur Seite weg, schießt gleichzeitig abrupt nach oben und stößt sich die Ecke des geöffneten Fensters in die untere Rückenmuskulatur, bevor der Staubsauger an der Wand in unzählige Einzelteile zerbricht.

Der Spinne wird es zu hektisch und sie zieht sich hinter die Gardinenstange zurück. Frau klaubt die Reste des Staubsaugers zusammen und greift zum Telefon.

Wenig später näht der Notarzt die Schnittwunde am Fuß des Mannes, verbindet seine Hand und trägt eine Salbe auf den handtellergroßen Bluterguss am Rücken auf. Er gibt ihm vorsorglich ein Antibiotikum sowie eine Spritze zur Schmerzstillung. Und zwei Bier.

Die resolute Frau zieht aus dem gemeinsamen Schlafzimmer aus und ignoriert bewusst die Spinne. Die hängt triumphierend in der Ecke und lacht sie aus. Da ist sich Frau sicher.

Bis auf Weiteres wird der Mann aufgrund einer gewissen Instabilität des Lattenrostes auf dem Sofa nächtigen. Nach der Wundheilung, so Frau, wird er einen zweiten Versuch unternehmen müssen.

Mann nimmt sich noch ein Bier und nickt in vorauseilendem Gehorsam.

Gegen Spinnen ist er machtlos.

Gute-Laune-Plörre

Neulich sah ich mir einen Film an, und just als ich begann, einzelne Handlungsstränge sinnvoll miteinander zu verknüpfen, wurde Werbung eingeschoben. Grundsätzlich träge veranlagt blieb ich sitzen und starrte auf die Ansammlung unsinnigster Werbeeinblendungen aller Zeiten.

Vom Film blieb mir nicht mehr viel im Sinn, aber seither weiß ich: Ein Waschmittel ist nicht nur ein Waschmittel. Es ist Lebensfreude, Frische, Frühling und frischfarbig. Heutzutage zieht die perfekt gestylte Hausfrau leuchtend blaue und frischgebügelte Hemden aus Waschmaschinen.

Anschließend begrüßt sie glücklich strahlend ihre tobende Brut, die total verdreckt ins Haus stürmt, weil sie Hunger hat. Die T-Shirts weisen Flecken auf, als wären die Kids einmal durch Nachbars Gülle gekrault. Egal. Sie hat ja ihr Superwaschpulver. Also lächelt sie grundentspannt und reicht den Stöpseln zur Belohnung für die Sauerei eine Dose Dingels. Aber vorher dran horchen, denn man muss wissen: Die Dingels poppen. Wahrscheinlich erst nach Ladenschluss und dann auch nur in der Dose.

Die Kinder jubeln und hinterlassen beim Hinausrennen mit ihren Hockeyschlägern zusätzlich zu den schlammigen Fußabdrücken dekorative Quer- und Längsstreifen auf den cremefarbenen Glanzfliesen. Macht überhaupt nichts. Schließlich hat Supersauberfrau Meister Flopper. Einmal wisch und alles weg. Oder war das etwa das Tuch auf der Rolle? Egal.

Sie lächelt, zieht gertenschlank und faltenfrei, dank der Superantifaltencreme mit Hyaluronsäure und Keratinen, ebenso faltenfreie Wäsche aus der Waschmaschine. Dabei schüttelt sie ihre Jennifer-Lopez-Mähne, die sie nur unter täglicher Anwendung von My-Hair so natürlich und gesund schütteln kann. Denn My-Hair macht gesund aussehendes Haar.

Moment mal. Es macht das Haar nicht gesund, nur gesund aussehend?

Nun, es bleibt kompliziert. Welchen Film habe ich gleich nochmal gesehen?

Jetzt folgt der schönste Tag durch Schokolade mit Weißfüllung. Alles, was das Kind braucht mit der gesunden Portion Milch. Und ich Idiot putze Brokkoli und reibe die Kartoffeln für die Reibekuchen noch selbst. Was mach ich mich da rum? Dreimal täglich so ein Schokoriegel und der Nachwuchs hat alle Alpha-, Omega- und Deltafettsäuren, den er braucht.

Klar. Und morgen tanz ich Samba mit der herzhaften Salami von dem guten Frieder und brühe mir eine Gute-Laune-Plörre dazu auf.

Und wenn mir ein Steinchen in die Windschutzscheibe fliegt, geh ich garantiert nicht zu denen, die es reparieren und austauschen und mir schon seit Jahren mit ihrem strunzblöden Dummgeträller extremes Schläfenziehen verursachen.

Schlagartig überfällt mich unbändige Lust nach Süßem. Ich renne in die Küche, zerre einen Schokoriegel aus der Packung, reiße das Papier auf, beiße rein und habe alles, was die Mutter braucht, mit der gesunden Portion Milch.

Stark romantisiert

Neulich lag ich völlig entkräftet vor dem Fernseher und hatte nur eines im Sinn: Bloß keine überflüssigen Bewegungen machen.

Kennen Sie das? Sie kommen am Ende eines langen und nervigen Arbeitstages nach Hause. Draußen herrschen gefühlte sechzig Grad im Schatten und die Terrasse brütet in absoluter Windstille vor sich hin.

In solchen Extremfällen benötige ich in Ermangelung einer Klimaanlage vier Dinge: leichte Kleidung, ein kaltes Getränk, ein Sofa und ein Buch.

Oder einen funktionierenden Fernseher.

Nicht denken, nicht schwitzen, nur gucken.

Ich zappte und blieb an einem mir unbekannten Sender hängen.

Eine Landschaft rauschte in Begleitung sanfter Musik über den Bildschirm. Schottland? Irland? Ich witterte Unheil, starrte jedoch wie gebannt auf die Bilder. Es war ja doch irgendwie auch ganz angenehm, über Steilküsten zu fliegen. Unter mir tobte das Meer und vermittelte ein Gefühl von Kühle.

Aber nur kurz. Dann begann der Film.

Eine Frau - blond. Ein Mann - schwarzhaarig. Ein Kuss auf dem weitläufigen Areal eines beträchtlichen Anwesens.

Meine vernebelten Synapsen funkten sofort: aha!

Das ist Romance, und da wird gerade gepilchert, dass kein Auge trocken bleibt.

Wie ferngesteuert zuckte meine Hand zur Fernbedienung. Doch halt, stop. Die innere Autorin begehrte Gehör: »Schau dir das an. Lerne. Millionen Frauen können nicht irren.«

Eilig holte ich Schokolade aus dem Kühlschrank und griff zur Küchenpapierrolle: Ich hatte mal gehört, dass Taschentücher bei dieser Art von Filmen unentbehrlich sind.

So lag ich dann auch bemüht entspannt und starrte auf die Mattscheibe. Und es kam, wie es kommen musste: Ich konnte mich nicht losreißen, nicht aufs Klo und nicht mit irgendjemand reden. Nicht einmal mit meinem Mann, der in diesem Moment nach Hause kam und entgeistert fragte, was um Himmels willen ich mir da ansehen würde.

Eine resolute Handbewegung von mir ließ ihn sofort verstummen. Ich kann energisch sein, wenn ich etwas tue, was ich eigentlich nicht tun will. Und in diesem Fall war das ein Nachmittag mit Romance-TV.

Es sei mir gestattet, meine Fassungslosigkeit in einem kurzen Abriss darzustellen:

Frau (Julia, blond) steht kurz vor Hochzeit mit Mann (Verlobter, schwarzhaarig, Name vergessen) und alle beide sind selbstredend extrem vermögend. Sie arbeitet in Destillerie von Papa (wo auch sonst) und fährt ein Sportcabriolet (was auch sonst? Einen kleinen Daihatsu etwa?).

Papa ist bereits in die Jahre gekommen und hat Geschmacks-, und Geruchssinn verloren (klar - wegen des Alkohols, in den er ständig Nase und Zunge hängt).

(Schicksalsschwere Klänge im Hintergrund).

Und Daddy braucht Hilfe, denn sonst ist Schluss mit Saus und Braus und Cabrio.

Er beichtet Töchterlein sein Leid, beschwichtigt jedoch gleichzeitig unter Tränen, sie solle sich keine Sorgen machen und weiterhin die Hochzeit vorbereiten.

(Ja, natürlich, wie edel, wie traurig. Tränendrüse eins unter Beschuss).

Julias Freundin Greta ist nicht nur älter als Julia, im Übrigen auch vermögende Ärztin und hat heimlich Julias Ex auf die Insel geholt. Und ebendiese Greta steht auf dem Standpunkt, dass Julia und der Ex unzweifelhaft zusammengehören.

Spätestens jetzt könnte ich ausschalten, weil klar ist, worauf es hinausläuft.

Nein! Ich ziehe das jetzt durch, wie ein waschechter Extremromantiker, der sich das durch gallige Klischeeanhäufungen hindurch, bis zum bitteren Ende reinzieht.

Weiter geht´s.

Der Ex will zufällig sein Anwesen (was auch sonst?) verkaufen und in einem Gespräch mit der reichen Ärztin Greta weint er ganz unmännlich (ach, wie sympathisch). Der Grund ist, dass er seit Jahren jede Nacht von Julia träumt.

Spätestens hier ist beim überzeugten Traumtänzer die erste Papierrolle Geschichte.

Aber warum hat der Ex sich von Julia getrennt?

Weil er (festhalten, jetzt kommt´s) seine Mutter von der Klippe gestoßen hat.

Allerdings ist er nie erwischt worden. Böser Bub!

Ich verschlucke mich an der Schokolade und mein Mann beginnt zu weinen.

Der Romantiker wird in ein Wechselbad der Gefühle getaucht und entrüstet sich an dieser Stelle außerordentlich. Er verabscheut diesen mörderischen Ex, der Julia sicher nichts Gutes will, der Saubär. Aber nur kurz, denn ..., das war nur ein Mitleidsakt. Seine Mutter hatte damals todkrank vor sich hin gelitten und er sie letztendlich einfach nur erlöst.

(Erleichterung. Doch ein guter Junge. Und jetzt fühlen wir alle mal mit und reißen ein Papiertuch ab - für die Niagarafälle unter den Augen)

Was, wenn er diese Krankheit in sich trägt, die sich unseligerweise auf die gemeinsamen Kinder übertragen könne? Nein, das will er Julia unter keinen Umständen antun. Also hat er sie ohne Begründung vor Jahren verlassen.

(Klar, genauso muss das auch sein und ist so realistisch, wie mein Traumgewicht morgen früh auf der Waage).

Doch welch ein Glück, Greta ist ja Ärztin. (Und welch ein Zufall ... Jaja, das Schicksal. Schnüff. Papiertuch, bitte)

Greta will einen simplen Bluttest bei ihm machen, was er natürlich ablehnt (klar, sonst wäre die Geschichte ja auch fertig, denn spätestens jetzt ahnt Frau, was kommt, will aber noch ein bisschen leiden).

Das Beste: Der Ex hatte in längst vergangenen Tagen bei Julias Papa in der Destillerie gearbeitet und ist aktuell der einzig verfügbare Retter in der Not. Denn Ex hat eine Wundernase und erriecht sich quasi die Welt (wo hab ich das schon gelesen?).

Selbstredend wehrt Ex sich gegen seine Retterfunktion und lässt erstmal alle hängen. (Schuft, schäbiger)

Gleichzeitig hat Julias Verlobter eine bezaubernde Hochzeitssängerin engagiert, in die er sich prompt verliebt.

(Muss sein, sonst gäbe es einen Unglücklichen, wenn Julia und der Ex ... Wie schrecklich).

Aber das weiß keiner, nicht mal der Verlobte selbst. Und die Sängerin sowieso nicht. Die ist übrigens das genaue Gegenteil von Julia: eine braunhaarige, arme Schluckerin mit Rehblick.

Genauso brauchen wir das! Ich hole Ramazotti. Mein Mann sagt, er braucht jetzt auch einen.

Also: Der Ex hilft Julias Daddy in der Destillerie. Papa ist glücklich. Julia ist sauer auf Ex, weil er ihr gesteht, dass er keine Kinder zeugen kann. (Warum sagt er nicht, sonst wär der Film fertig).

Julia verkündet unter Tränen, sie will nur ihn, ob er zeugungsfähig ist oder nicht, denn sie liebt ihn ja auch ohne Pim und Pam.

Nebenbei bereitet sie jedoch fleißig das Hochzeitsfest vor, und will Ex nie wieder sehen.

Bitte? Wieso das jetzt? Hört sich unlogisch an, ist es auch. Ich versteh´s nicht. Schenk nach, Schatz.

Szenenwechsel: Papa hat den ultimativen Gin mit der Hilfe von Ex entwickelt, schreibt die Zutaten auf einen Zettel und ruft Julia an. Die geht nicht ans Telefon, weil sie in diesem Moment am Strand mit einem Stein einen anderen Stein zertrümmert auf dem ihr Name und der des Ex in Herzchen stehen.

Ja ne, ist klar. Ich zertrümmere mal eben einen Riesenstein. Ja, wehe, die Kraft der unglücklichen Liebe kommt über einen ...

Papi setzt sich also mit Genialrezept und Belohnungszigarre in den Ledersessel des firmeneigenen Kaminzimmers und schläft ein.

Jetzt kommt das, was natürlich niemand erahnen konnte: Die Zigarre fällt dem schnarchenden Glückspilz mit ohne Geschmack im Mund aus der Hand und löst einen - bitte merken! - Papierkorbbrand aus.

Es raucht, es qualmt und zufälligerweise kommt der Ex und rettet Papa.

Man sieht zwei Flämmchen und viel Qualm aus dem Papierkorb steigen. Schade. Papa ist tot. Das ist schlimm.

(Ich beiße in die Schokolade und spüle mit Ramazotti nach)

Julia macht Ex Vorwürfe, weil er immer alles kaputtmacht. (Wie jetzt? Das war der Rauch, nicht der Ex, du Einzeller!)

Zufällig kommt Ärztin und Busenfreundin Greta mit ihrem schweineteuren Geländewagen vorbei und noch viel zufälligerweise fährt der Verlobte in einem Oldtimer vor. Dem fällt Julia sogleich in den Arm (wem auch sonst, dem zeugungsunfähigen Kriminellen vielleicht ...?)

Szenenwechsel: Julia ist verzweifelt, weil die Versicherung nicht zahlt, weil Papa geraucht hat und somit der Brand einem Selbstverschulden zugeordnet wird. Jetzt muss Julia die Destillerie schließen und alle Mitarbeiter entlassen.

Ruin. Armut.

Julia brüllt Ex an und will ihn nie wieder sehen. Denn der Depp ist ja schließlich schuld.

Und das alles wegen eines Papierkorbbrandes ...? Schatz, mach den Bushmill auf, das erträgt man nur besoffen.

Nun, der Ex ist ein ganz uneigennütziger und liebenswerter Charakter. Schleicht er doch mitten in der Nacht in Julias Anwesen (da ist immer alles offen. Schließen die nie ab?), schreibt das Rezept für den ultimativen Gin auf einen Zettel und legt es Julia auf den Tisch neben ihrem Bett. Dabei verdrückt er eine Träne.

Wir heulen mit und rufen: »Ja, Julia. Heirate *ihn*, nicht den doofen Schlurps, der ein Hirschauge auf die Rehkuh geworfen hat.

Julia entdeckt das Rezept am nächsten Morgen und kann jetzt doch an dem Wettbewerb für die Entwicklung des besten Gins aller Schmonzettenzeiten teilnehmen. (Der Contest findet selbstredend just an diesem Tag statt, denn sonst müsste aus Gründen der Zeitüberbrückung eine weitere Figur oder ein anderes Drama Platz finden. Allerdings könnte Julia ja noch einen Stein zertrümmern).

Und wer gewinnt diesen Wettbewerb? Richtig ...

Kurz drauf wird der Verlobte von seinen Gefühlen übermannt und vögelt das singende Rehlein hinterm Rhododendronbusch. Direkt im Anschluss macht er ihr einen Heiratsantrag.

Okay, wir bedauern, keine Details gesehen zu haben, denn es war ja der Busch davor, aber mein Mann meint, sie müsse phänomenal gewesen sein, wenn aufgrund ihrer Aktivitäten sowas dabei rausspringt.

Ich hebe die Hand. Ruhe, es geht weiter!

Ärztin Greta darf dem Ex schließlich doch Blut abnehmen. (Der jammert noch mit der Spritze im Arm, dass er das gar nicht will. Herrje, halt die Fresse, Softie).

Das selbstverständlich negative Ergebnis liegt wenige Stunden später vor. (Große Erleichterung macht sich breit. Hat da irgendjemand dran gezweifelt?).

Im Übrigen wusste ich bis zu diesem Zeitpunkt nicht, dass Gentests in der Kürze weniger Stunden ...

Na, egal. Es muss so sein, weil ansonsten noch andere Figuren ..., usw.

Plötzliche Wende: Julia liebt auf einmal Ex schon immer und will ihn nie wieder gehen lassen.

Nun, das ist logisch und absolut nachvollziehbar. Der Typ hat noch Geschmack auf der Zunge, kann alles erriechen und ist gesund. Die Destillerie lebt! Zum Glück, denn der Nochverlobte vögelt schließlich mit der scheuen Hochzeitssängerin rum. Zudem kann er keinen Gin kreieren, der protzige Schnösel.

Und der Schluss? Doppelhochzeit.

Ich bin nicht stark romantisiert, eher alkoholisiert. Der Ramazotti ist leer. Ich nicht.

Prost.

Das Schicksal hatte beschlossen, mich mit einer Fußverletzung gepflegt aus dem Verkehr zu ziehen, rechnete andererseits nicht mit meiner jahrelang erprobten Unempfindlichkeit gegenüber äußerlichen Einflüssen jeglicher Art.

Laufen treibt mir Tränen in die Augen, Autofahren und schwimmen funktioniert. Also los.

Mit betoniertem Blick humpelte ich finster entschlossen an mein Auto und begab mich nach ca. 15 Minuten ins erstrebte Nass.

Ich tauchte unter, ich genoss den kurzen, mich einhüllenden Moment der Stille und der Kühle, ich tauchte auf.

Und hörte ein Fiepsen von links oben.

»Leon-Marcel, mein mutiger Matador, mein tapferer Tiefseetaucher. Das machst du gaaanz suuuper!«

Sofort heftete sich mein Blick auf einen circa Siebenjährigen knapp neben mir, der kurz vorm Ersaufen war und - noch bevor ich beherzt zugreifen konnte - mit letzter Kraft die rettende Bande erreichte.

Leon-Marcel (wer nennt sein Kind so, mein Gott?), also, Leon-Marcel, mit wahrscheinlich strunzeinfachem Nachnamen wie Müller, Meier, Schmotzke, lächelte blockiert und hob eine verkrampfte Hand zum Gruße. Dabei lief dem künftigen Tiefseetaucher der Rotz aus Mund und Nase und er schnappte japsend nach Luft. Aber er war in Sicherheit und guter Dinge. Vermutlich würde er es überleben.

Mein Blick glitt nach oben, wollte ich doch wissen, welches Wesen ein solch durchdringendes Fiepen gepaart mit einer imposant aufgeblähten Motivationswolke mit sich herumtrug.

Mein chlorwassergefülltes Auge erblickte Unglaubliches. Zuerst dachte ich: Mein Gott, die arme Frau hat einen Verband um den Kopf.

Und wahrscheinlich Gips im Hirn.

Ich blinzelte mich klar.

Im Schwimmbad begegnet einem ja so Einiges: kettenrauchende Mütter, die mit Kippe im Mundwinkel dem zweijährigen Spross die Windel wechseln (und nebenbei die gekühlte Prosecco-Pfanddose aus der Box ziehen). Und Väter, die trotz walgleicher Physiognomie davon überzeugt sind, sich gleich eines Beilbauchsalmlers mit einem Sprung aus dem Wasser zu katapultieren und kurze Strecken im Gleitflug über die Wasseroberfläche segeln zu können. Nur eben umgekehrt.

Die Dame über mir jedoch, ihren Filius fortwährend mit Lobhymnen überschüttend, die war anders.

Wie aus einem Lifestylemagazin gewandelt stand sie grazil und braungebrannt am Beckenrand. Ein weißer Panty-Bikini (mit Gürtel und klitzekleinen Strasssteinen) schmeichelte ihrer Figur aufs Vortrefflichste. Selbst als sie vor überschäumender Euphorie über die Glanzleistung ihres Sohnes (Einzelkind, zweifellos) in die Hände klatschte, wackelte nix an den Oberarmen. Nicht mal der Busen schwang leicht mit, die Mimik hielt sich ebenfalls dezent zurück. Die Strasssteine vibrierten leicht, das war es dann auch schon. Die Frau war von Kopf bis Fuß einbetoniert, und nach einem Blick auf ihre wasserstoffblonden Haare war mir klar, warum man sowas nicht ins Wasser lassen darf: Kein Chlor der Welt wäre in der Lage, solche Unmengen an Haarspray zu neutralisieren. Okay, Salzsäure könnte das schaffen, aber wer würde dann noch entspannt Schwimmversuche unternehmen und sich unter Lobliedern hektisch rudernd zum Ersaufen bringen? Da fehlt doch jeder Spaß.

Das, was ich in Ermangelung eines klaren Blickes für einen Kopfverband hielt, entpuppte sich nach näherem Hinsehen als Frisur. Ein meisterhaft frisierter Dutt in der Größe einer Riesenpampelmuse zierte den Hinterkopf von Barbie. Da lag keine Strähne quer. Soweit, so gut, das ist noch nix Ungewöhnliches, viele Frauen binden sich die Haare hoch, wenn sie ins Wasser gehen. Frische Dauerwelle, gerade erst heute Morgen gewaschen, und so weiter. Hier präsentierte allerdings jemand ein Kunstwerk, das weder ein Zyklon Stärke Acht noch wild pickende Amseln auf der Suche nach Nestfüllsel zerstören könnten. Sie würden schlichtweg festkleben. Okay, Wasser könnte der Kreation gefährlich werden. Deshalb stand sie ja auch am Rand und feuerte Leon-Marcel an, der mittlerweile das halbe Becken leergesoffen hatte und schon von daher Schwierigkeiten hatte, sich an der Oberfläche zu halten.

Wie gesagt, viele Frauen tragen Hochfrisur beim Schwimmen und malträtieren dabei ihre Halswirbelsäule bis zur Schmerzgrenze, damit kein einziges Tröpfchen Wasser an den Concealer kommt. Aber die Frau von Stand am Beckenrand hatte nicht nur trivial Haare hochgesteckt, sie hatte sie gepimpt. Pimp my Dutt. Musste ich mir merken. Der kinnlange Pony war millimetergenau in der Mitte der Stirn abgeteilt, sodass er zwei dicke, je dreifingerbreite Strähnen bildete. Selbige mit dem Geodreck im Vorfeld abgemessenen und penibel ausgerichteten Haarbalken rahmten ihre hervorstehenden Wangenknochen mit leichtem Schwung ein und endeten am spitzen Kinn, wo sie vermutlich festgetackert waren. Zusätzlich stabilisierten die Bügel der Sonnenbrille das Kunstwerk an den Schläfen. Muss ich erwähnen, dass die Sonnenbrille auf den Panty-Bikini abgestimmt war? Verspiegelt, weißer Rahmen, Strasssteinchen.

Ich weiß nicht, wie ich ausgesehen hatte, vermutlich ziemlich bescheuert und ähnlich wie die Strähnen am Gesicht der fürsorglichen Mutter am Beckenrand festgeklebt, den Mund ungläubig offenstehend und alles andere als gestylt. Kurz hielt ich die Luft an, als ich folgende Worte vernahm: »Ich komm jetzt auch mal ins Wasser, Leon-Marcel.«

Nebenbei fragte ich mich, was diese Gattung dazu veranlasst, selbst die bescheuertsten Doppelnamen immer vollständig auszusprechen. Ich meine, mein Hund heißt Socke und ich rufe meistens »Hey« oder »Sockinger« oder »Mr. Sock« (find ich witzig, mein Mann nicht). Meine Tochter nenne ich meistens »Hör auf damit« und meinen Mann »Kannst du mal eben«.

Die Dame ließ sich soeben in Zeitlupe ins Wasser gleiten. Vom Rand aus. Sie stieg in meiner Achtung, sie hätte ja auch die Leiter nehmen können. Söhnchen krallte sich schwer atmend und mit glänzenden Augen in Vorfreude auf mütterlich helfende Gesellschaft am Rand fest.

Mir schwante Schreckliches. Mit einem Mal wuchs der Hals von Barbie in gleichem Maße, wie ihr Körper sie nach unten zog. Dick sein hat Vorteile, Fett schwimmt oben, und da konnte Barbie nicht mitreden. Das Becken war an dieser Stelle drei Meter tief und ich hätte schwören können, ihre Zehen berührten den Boden.

Der Dutt blieb trocken.

Plötzlich begann sie, wild mit den Armen zu rudern und ihr Hals wuchs ins Unermessliche. Das Kinn streckte sich unter massiver Beanspruchung der Halssehnen nach oben, und sie lächelte tapfer. Ganz Dame eben. Also, sie lächelte nicht wirklich, ihr Mund verzog sich, der Rest war - wie gesagt - einbetoniert.

»Herrlich«, presste sie atemlos hervor und dann kam das, was ich befürchtet hatte.

Der Dutt wurde nass und die Haarbalken lösten sich dort, wo sie nicht von der Sonnenbrille an Ort und Stelle gehalten wurden. Eine Katastrophe.

»Das machst du suuuper, Mami«, johlte Leon-Marcel und versuchte in die Hände zu klatschen.

Wenige Sekunden später tauchte er wieder auf. Doch jetzt war seine Mutter verschwunden. Aber nur kurz. Dann ploppte die Sonnenbrille hoch. Schön, wie die Strasssteinchen auf der Wasseroberfläche glitzerten. Ich bedauerte einen Moment, keine Kamera zur Hand zu haben. Dann folgten ein aufgelöster Dutt und eine noch viel aufgelöstere Barbie.

Homolog zu Söhnchen lief ihr Wasser aus Mund und Nase und sie spuckte zugegebenermaßen recht unweiblich. Trotz aller Bemühungen, die Augen offenzuhalten unter zu Hilfenahme einer Mimik, wie sie Männer beim Rasieren zu praktizieren pflegen, gelang ihr nicht vollständig, das selbst herbeigeführte Fiasko zu verhindern. Die Wimperntusche beschloss, die Farbe unter den zusätzlich aufgeklebten Wimpern zu verlieren und machte sich von Blondchen unbemerkt und gemeinsam mit den künstlichen Härchen auf den Weg zur Oberlippe.

»Ach«, sagte sie, nachdem sie wieder Luft bekam und die Wimpern weggespuckt hatte, »Ach, ich habe keine Kondition, Leon-Marcel. Lass uns nach Hause gehen. Es ist doch sehr voll hier.«

Später am Abend kürzte ich meinen Pony - wehret den Anfängen -, und entsorgte nicht wasserfeste Wimperntusche. Des Weiteren erntete ich irritierte

Blicke von Mann, Kind und Hund, als ich sie mit vollständigem Namen ansprach. Gut, sie sind maximal zweisilbig. Ich fühlte mich trotzdem vollwertiger.

Aber eines lass ich mir nicht nehmen: wenn ich ins Schwimmbad gehe, dann bitte mit vollständigem Eintauchen ohne Rücksicht auf Frisur. Alles andere ist nur bedingt erfrischend.

An den Strasssteinchen arbeite ich noch. Genauso wie an den wabbelfreien Oberarmen.

Gestern hörte ich mich rufen: »Das machst du gaaanz toll, Süße!«

Sie hat den Geschirrspüler ausgeräumt. Mit fünfzehn. Aus ihr wird sicher mal eine Restaurantketteninhaberin.

Männliche Problemzonen

Neulich unterhielt ich mich mit meinem Cousin Jan-Hendrik.

Jan hat ein Problem.

Seit Jahr und Tag leidet er unter der inzwischen als Komplex manifestierten Wahnvorstellung, sein Bauch sei eindeutig und für jeden Betrachter auf den ersten Blick zu augenfällig.

Freunde und Bekannte, die ihn vom Gegenteil überzeugen wollen und ihm vorrechnen, dass er laut Idealgewichtstabelle oder auch dem Body-Mass-Index schon fast in die Kategorie magersüchtig einzustufen sei, werden von ihm sofort als charmante Schmeichler oder ahnungslose Trottel abgestempelt.

»Was wissen diese Leute schon von meinen Problemen mit den Problemzonen?«, beklagt er sein Leid.

Immerhin kann er froh sein, sagt er, dass keiner das gesamte Ausmaß seiner Körperfülle erkennt. Schließlich arbeite er hart und mit allen Mitteln daran, seine vermeintlich unansehnliche Wampe vor fremden Augen zu verbergen. Zum Glück stünde die derzeitige Mode ganz im Zeichen des Schlabberlooks, unter dem sich geschickt überflüssige und visuell suboptimale Pfunde äußerst wirkungsvoll kaschieren ließen. Problematisch würde das Ganze erst, wenn er sich seiner XL-T-Shirts in

Gesellschaft anderer entledigen müsse. Am Badesee beispielsweise. Aus diesem Grund gilt für ihn die Faustregel: Öffentliche Schwimmbäder, sowie Duschen und Saunen sind, soweit es irgend geht, weiträumig zu umgehen.

Sollte doch einmal eine dieser Lokalitäten nackter Tatsachen aufgesucht werden müssen, zum Beispiel nach spektakulären Ergüssen zwanghafter Kalorienverbrennungspsychosen, dem Sport, oder an einem Sommertag mit Rekordhitze, bleibt nur noch eine Möglichkeit: Luft anhalten bis zum Umfallen.

In dieser Disziplin steigerte er sich in den letzten Jahren zu wahren Meisterleistungen. An guten Tagen vermag er es, die Luft bis zu zehn Minuten anzuhalten und dabei gekonnt den Bauch einzuziehen. Dies allein wäre noch nichts Besonderes, das schafft auch ein durchschnittlich trainierter Perlentaucher in der Südsee. Das eigentlich Bemerkenswerte ist die Tatsache, währenddessen normal und natürlich weiterzureden. Sogar ein zugegebenermaßen etwas gezwungenes Lächeln könne er sich dabei abbringen. Die perfekte Tarnung. Zumindest, solange man nicht blau anläuft. Aber auch das habe er durch ständiges Training in den Griff bekommen.

Lästiger, aber unvermeidbar, ist die Prozedur des Luftholens, die sich spätestens alle zehn Minuten, also kurz vor dem Kollabieren, wiederholt. Hierzu muss er sich an ein stilles Örtchen begeben wie Umkleidekabinen, mannshohe Büsche oder Toiletten, um seine nach Gnade winselnden Lungenflügel und sauerstofflosen Gehirnlappen mit Frischluft zu versorgen.

Als nächster Arbeitsgang steht die Vorbereitung auf die darauffolgende Etappe der Sauerstoffschuld an. Hierzu pumpt er, wie ein Maikäfer vor dem Start immer wieder seinen Bauch auf und hyperventiliert dabei kräftig, um die Sauerstoffversorgung der nächsten Minuten auch bei Atemstillstand zu gewährleisten.

Jan ist der Meinung: Nur auf diese Art lässt sich der klassische Waschbrettbauch, wie er uns in den Medien zelebriert wird, perfekt simulieren.

Als Vorwand für das ständige Aufsuchen abgeschiedener Orte muss seine angebliche Blasenschwäche erhalten, die er sich offiziell durch eine verschleppte Erkältung eingefangen hat.

Diese Ausrede hat neben der Rechtfertigung für sein sonderbares Verhalten den positiven Nebeneffekt, dass er das Bedauern der Mitmenschen erhascht.

Ich will wissen, ob ihm bewusst ist, dass man ihn insgeheim hinter seinem Rücken belächelt?

»Klar. Das nehme ich in Kauf«, zuckt Jan scheinbar ungerührt mit den Schultern.

Und es soll mir keiner erzählen, dass nur wir Frauen Problemzonen hätten.

Haben Sie das Scheißdrauf-Gen?

Ein bisschen unangepasst und bescheuert zu sein, hat durchaus seine Vorteile.

Gesunden Egoismus, Gelassenheit, eine gute Portion Selbsterhaltungstrieb und das Scheißdrauf-Gen - kurz SDG - zu besitzen, ist ebenfalls hilfreich und schützt möglicherweise sogar vor frühzeitigem Ableben.

Es ist anzunehmen, dass sich in meinem irdischen Dasein bisher aus diesem Grunde mit einigen Menschen nur ein kurzes Zusammentreffen auf der Bühne des Lebens ergab. Das war nicht immer so. So ein Gen muss sich ja auch erst zu seiner endgültigen Größe entfalten dürfen.

Vorausgesetzt, man hat es.

Schaue ich mir den ein oder anderen Zeitgenossen an, frage ich mich, welch essentieller Grundbaustein außer dem SDG ihm noch fehlt. Generell lande ich bei dieser Überlegung beim gesunden Selbsterhaltungstrieb, der mit einem eventuell vorhanden, aber gut versteckten SDG möglicherweise eine Zweckbeziehung eingegangen ist, um die Menschheit vor Massensuizid zu bewahren.

Bei einigen Spezies unserer Gattung scheint allerdings dieses ureigene Frühwarnsystem dauerhaft deaktiviert. Im Prinzip befinden sie sich permanent in dem geistigen Zustand eines Lemmings, der sich ob des Leides der Welt gerne Klippen hinunterstürzt.

Alternativ bittet er andere, dies freundlicherweise für ihn zu übernehmen.

Das wäre ja alles soweit in Ordnung, ich kann mich ja nicht um alles kümmern, aber ..., die Lemminge kommen gerne zu mir. Das ist mein Karma.

Scheinbar tummelt sich eine Überzahl SDGs dort, wo ich niemals hineinsehen kann und diese Tatsache klebt mir unübersehbar auf der Stirn.

Ist das jetzt gut oder schlecht? Ich weiß es nicht. Aber ich danke dem Universum für meine SDG´s. Wo wäre ich nur ohne sie, diese gut funktionierende Alarmanlage, die sich zumeist auf den Punkt meldet und mich zurückweichen oder gelangweilt die Schultern zucken lässt?

Ich kann nur raten: in den Fängen eines Frauenschlägers? Zu Füßen eines dickbierbäuchigen Fieslings mit Hang zum Dauerfurzen? Gebunden an einen Hierarchiesülzer mit dauerhafter Schleimzuleitung? Oder gefangen im eigenen verbitterten Lebenstraum ohne Aussicht auf Karibik?

„Ein Wunder“, posaunen alle Habichsdochgesagt-Vertreter in die Welt hinaus, „Ein Wunder, dass DIE überhaupt einen abbekommen hat!“

Damit meinen sie mich. Nun, jedem das, was ihm entspricht.

Möglicherweise ist ja das Unangepasste, Markante, Ehrliche, Kompromisslose und Unkonventionelle nur das Ergebnis aus der Symbiose von Selbsterhaltungstrieb gepaart mit einer Handvoll Scheißdraufgenen ohne Hang zum Narzissmus.

Vielleicht ist das durchgeknallt, gegebenenfalls auch einfach nur „Anders“.

Fragen Sie Dora, meine Freundin. Sie ist nicht nur leicht verrückt, sondern total bescheuert. Das gleichgültige Schulterzucken wurde von ihr erfunden und zur Not wird kurzerhand alles auf links gedreht. Deswegen mag ich sie.

Mit den ewig Hadernden kann ich genauso wenig anfangen wie mit notorischen Nörglern. Auch wenn mich gelegentlich die Frage streift, warum ausgerechnet Gestrandete, weinerliche Pinsel oder überzeugt Lebensunfähige vermehrt meine Nähe suchen. Wohl habe ich ein Schild auf der Stirn: Haben Sie ein Problem? Kontaktieren Sie mich!

Tatsächlich verbrachte ich eine Weile in dieser Lebensphase des Gebens und Nichtnehmens und gelegentlich streift mich auch heute noch dieser larmoyante Hauch.

Verstehen Sie mich bitte richtig, ich helfe gerne. Nur nicht dauerhaft und ständig und vor allem, nicht dauerhaft und ständig einer einzigen Person, die ihr erklärtes Lebensziel im Bejammern dessen Nichterreichung sieht.

Fast unerträglich, nicht? Beinahe schon ekelhaft. Dabei ekele ich mich nicht mal vor Knöpfen. Oder vor Fischen, so wie meine Kolleginnen. Ist es verwerflich, einmal an ein Mitbringsel gedacht zu haben, welches den Titel ´“Fisch mit Knopfaugen“ trägt?

Ich schweife ab. Wo war ich? Ach ja, zum Glück …

Zum Glück kann ich nun im Hier und Heute hier die Beine hochlegen, versonnen an schwarzsüßem Kaffee nippen und dabei nur an eines denken: Alles ist gut.

Ein gelegentliches „Ich muss gar nix", macht den Kopf angenehm frei. Danke, SDG.

Möglicherweise ist es auch einfach nur ein Prozess. Oder eine Grundeinstellung.

Oder doch die Gene?

Die lieben Kleinen

Schluss mit lustig?

Die meisten Erdenbürger wollen Kinder in die Welt setzen. Das ist gut so und zur Erhaltung und Fortführung unserer Spezies ein durchaus erfolgsversprechendes Modell. Nebenbei natürlich eine großartige Sache, und obwohl häufig praktiziert, immer wieder eine einzigartige und ganz individuelle Geschichte. Das Schönste, was es gibt.

Oder etwa nicht?

In dem Moment der Mutterwerdung beginnt eine Frau zu ahnen, was in dem Kleingedruckten gestanden haben könnte. Natürlich hat sie es nicht gelesen. Natürlich nicht, denn sie sind so viel versprechend, aufbauend und rosarot, die netten Floskeln und Ratschläge, die vor der Hochzeit, Geburt oder dem Termin zur Wurzelspitzenresektion großzügig verteilt werden.

Lediglich ein kleiner Schnitt über dem Zahn. Die Wurzel wird gekappt und alles wieder zugenäht. Keine Sache. Mmh, ja, klar. Die Realität fesselte mich mit beidseitig aufgeklapptem Zahnfleisch auf den Zahnarztstuhl, während der freundliche Kieferchirurg mit einer jaulenden Kreissäge die Zahnwurzel durchsäbelte, was einen widerlichen Gestank verursachte. Es schien mir, als hätte der eifrige Säbler seinen Spaß, sagte er doch Dinge wie: »Ja, schön, wunderbar, jetzt hamern gleich, den Übeltäter. Ach, sauber, sauber! Haha, da isser ja, der Schlingel.«

Leider konnte ich seinen Gesichtsausdruck dabei nicht sehen, da mir ein grüner OP-Fetzen quer über dem Gesicht hing. Aber ich hätte mein letztes Giotto darauf verwettet, dass seine Augen glänzten und Sabber von den Lefzen tropfte.

Was hat das mit Mutter sein zu tun? Nichts. Bis auf eines: Es wird dir erzählt, die Zeit der Schwangerschaft ist die schönste Zeit. Und wissen Sie was? Stimmt. Denn was die Gutmeiner und Schönredner damit sagen wollen, ist nicht: »Die Schwangerschaft ist schön«, sondern »Genieße die Zeit! Wenn das Kind da ist, dann war es das erst einmal für die nächsten fünfzehn bis zwanzig Jahre mit *Happy Banjo*«.

Verstehen Sie mich nicht falsch. Tatsächlich ist Elternsein das Interessanteste, Beste, Großartigste und ja, auch Schönste, was es gibt. Nichts auf der Welt ist so emotional, persönlichkeitsentwickelnd und von unermesslicher Liebe geprägt wie das Großziehen eines Kindes. Aus reinem Selbstschutz blendet unser Hirn üble Erfahrungen wie Wurzelspitzenresektionen, die letzte Kfz-Rechnung, Geburt, chronischen Schlafmangel und Pubertät einfach aus. Im Nachhinein ist alles nicht mehr so dramatisch und die lieben Kleinen schliefen quasi ab der ersten Nacht durch.

Die Ankunft eines Kindes könnte verglichen

werden mit einem Aufgeben von allem bisher Erreichten. Na ja, fast zumindest. Stellen Sie sich vor, Sie packen ihren Rucksack, geben die bisherige Bleibe auf und ziehen in die Welt. Bevorzugen Sie mitten im Wald bitte die Abzweigung, welche nicht aussieht wie eine. Wählen Sie den wurzeldurchzogenen, zugewachsenen Weg, der mit Warnschildern ausgestattet ist und Sie ins Irgendwo führt. Sie wissen nicht, über wie viele Wurzeln sie stolpern werden, welche Überraschungen noch so auf Sie bei dieser Wegbegehung warten, in welche tiefen Löcher Sie fallen werden. Und wo Sie rauskommen, wissen Sie erst recht nicht. Allerdings sind auch die umwerfend schönen Viewingpoints unbekannt, die kleinen großen Glücksmomente und das verdammt gute Gefühl, eben diesen Weg genommen zu haben.

Nehmen Sie eine Machete, Geduld, Zuversicht, jede Menge Humor, ganz viel Liebe, und vergessen Sie Ihren Partner nicht.

Umdrehen ist nicht.

Nicht ohne meine Hypophyse

Wussten Sie schon, dass eine Frau sobald sie ein oder mehrere Kinder zur Welt bringt, nicht mehr folgerichtig Schlüsse ziehen oder eine komplexere betriebswirtschaftliche Berechnung ausführen kann? Nein? Dann lesen Sie weiter.

Bis dahin war ich der irrigen Annahme erlegen, Kinderkriegen sei eine Sache von höchstens ein paar Stunden, die Zeit der Schwangerschaft nicht eingerechnet. Völlig falsch!

Genauso wie die Vermutung, Lappen dienen lediglich zur Säuberung diverser Gegenstände. Klar. Keine Frage. Oder doch nicht? Genau. Auch hier: völlig falsch.

Als halbwegs gebildete Mutter weiß ich heute, dass es Vorder-, Mittel- und Hinterlappen gibt. Und die sind wichtig, sehr wichtig sogar. Insbesondere für gebärende Frauen.

Gemeint ist die Hypophyse. Auch als Hirnanhangdrüse bezeichnet. Zur Verdeutlichung: Der Begriff kommt aus dem Griechischen und bedeutet so viel wie »das unten anhängende Gewächs«, obwohl sich dieses Etwas direkt in unserem Hirn befindet und ich es in der deutsch-wörtlichen Übersetzung eher dem Manne zugesprochen hätte. Genauer ruht diese Drüse unmittelbar oberhalb und in etwa zwischen den Augen. Also dort, wo man hinzielt, wenn man beabsichtigt, sich einer ungeliebten

Person auf ewig zu entledigen.

Dieser Teil unseres Körpers verändert sich dramatisch, während man vergnügt dabei ist, ein kleines Menschlein wachsen zu lassen. Das Absurde hier: Es ist Jacke wie Hose, ob man kastriert wird oder schwanger ist. In beiden Fällen schwillt die Hypophyse an, nimmt Veränderungen an besagten Hirnlappen vor und bringt einen dazu, wirre Dinge zu tun wie Schokoriegel mit Senf zu essen oder den Partner anzubellen, weil er bereits zum wiederholten Male unerträgliche Geräusche beim Fußnagelklipsen produziert.

Diese Tatsache wurde mir klar, als ich ausgesprochen umfangreich beim Frauenarzt auf meinen Termin wartete und mir in stoischer Gleichmütigkeit einen Artikel über Veränderungen im Körper während der Schwangerschaft durchlas. Da kam Licht in mein Mysterium und nebenbei auch in das meines Mannes; schließlich war ich eines für ihn geworden.

Die Hypophyse war schuld! Ich war nicht bescheuert, sondern schwanger und da hat diese Hirnanhangsdrüse, deren lautmalerische Bezeichnung zunächst an ein Nilpferd erinnert, einiges mitzureden. Endlich hatte ich eine Entschuldigung für all meine verbalen Fehltritte. »Verzeihung, Schatz, du weißt doch, meine Hypophyse!«

Wie dem auch sei, die Schwangerschaft ist vorbei, das Kind ist da und dann ist alles wieder in Ordnung. OH NEIN! Ist es nicht! Die niedlichen Läppchen verwandeln sich nämlich nicht wieder zurück. Die bleiben, wie sie sind. Was aber nicht heißen soll, dass ich nun mein Lebtag ungenießbares Zeug verschlingen werde. Die Veränderung vollzieht sich viel dramatischer. Sie wühlt sich subtil in alle Lebensbereiche. Latent und doch offensichtlich.

Ich gehe nicht mehr shoppen! Ich gehe einkaufen. Zielgerichtet und vernünftig. Und ich kaufe nicht etwa Schuhe für mich, nein, ich kaufe Kinderklamotten, Glitzerhaarbänder und Lutscher. Pizza, Cheeseburger & Co waren gestern. Heute koche ich gesund, mineral- und vitaminreich und auf die Frage meines Mannes, wann wir mal wieder skaten gehen, schaue ich ihn nur verständnislos an und teile ihm entrüstet mit, dass ich schließlich einmal die Woche beim Kinderturnen zu finden sei. Was geben mir Theaterbesuche oder ein Konzert von Toto, wenn ich auch vorm Kinderkarussell stehen kann?

Das hätte mir mal vorher einer sagen sollen! Vor der Schwangerschaft noch milde belächelt, schlägt es danach mit voller Wucht zu und das Schönste daran ist, man merkt es nicht. Der Partner schon, die Umwelt auch, man selbst nicht. Da wiederum ist nicht allein die Hypophyse schuld, die ich ständig und unentwegt als Entlastungsbeweisstück aus der Jackentasche ziehe. Der Umstand der Mutterschaft reicht aus. Macht das Ganze nicht wirklich einfacher.

Was soll´s. Ich kann gleichzeitig kochen, telefonieren, meine E-Mails abrufen und die Hausaufgaben meiner Tochter überwachen. Das soll mir erst einmal einer nachmachen! Ich habe die Herrschaft und den Überblick über die Temperatur meiner Tochter, dem Liebesbarometer meines Mannes, der halbjährlichen Identitätskrise meiner Freundin, die familieneigenen Finanzen, den Bewegungsdrang eines gefräßigen Hundes und schaffe es mittlerweile trotzdem noch, den Kühlschrank zu bestücken und meine unqualifizierten Zellen ins Büro zu schleppen, um produktiv tätig zu werden.

So! Und was habe ich davon?

Unübersehbar klebt mir der Stempel »Verantwortungslose und total überforderte Rabenmutter« auf der Stirn.

Schande über mich. Also schaue ich nach rechts auf die Zweifachmutter und Nur-Hausfrau. Und was erhascht mein getrübter Blick? »Gluckende Übermutter mit viel Zeit zum Nichtstun.«

Also Mädels, bekommt Kinder so viel ihr mögt. Die Hypophyse mischt sich ein, ob ihr wollt oder nicht. Und der Rest der Welt auch.

Als Mutter könnt ihr euch mit größtmöglicher Mutterliebe der Erziehung widmen, nebenbei euren Doktor nachholen, ein Buch schreiben und in einem Frauen-Netzwerk mitmischen, während ihr wohlgeformte und wunderbare Geliebte eines treuen Ehemannes seid. Es ist garantiert falsch. Aber wir haben eine Entschuldigung.

Sorry – die Hypophyse!

Scheiß Vollmond

Wenn ein fast zweijähriges Kind beschließt, die erste Nacht ohne Windel zu verbringen, dann hat das durchaus seine Berechtigung. Auch wenn es sich einen Wochentag aussucht. Also einen Tag, an dem arbeitende Mütter am nächsten Morgen zeitig aufstehen müssen.

Irgendwann mitten in der Nacht steht also klein Ella vor unserem Bett und bemerkt weinerlich, ihr Schlafanzug wäre nass und ich solle ihr jetzt helfen. Sofort. Ohne Umschweife. Pronto.

Gut, denke ich, aber spätestens mit achtzehn muss sie das dann alleine machen. Vorsichtig öffne ich meine verklebten Augen, schwinge mich mit der Leichtigkeit eines vollgesaugten Schwammes aus den Federn und tröste mein verzweifeltes Kind mit mütterlichem Singsang, während ich Schlafanzug und Bettlaken im Rekordtempo wechsle. Zu guter Letzt lege ich das kleine Wesen in sein frisches Bettchen, drücke ihm einen müden Kuss auf die Wange, summe ein Liedchen, bis es einschläft. Leise schleiche ich zu meinen Daunen hinüber.

Hüpf ins Bett, Kopfkissen zurechtdrücken, Augen schließen. Schön.

Tja, wenn das immer so einfach wäre. Unser aufgeweckter Sprössling steht wie aus dem Nichts vor dem elterlichen Bett und beschließt kurzerhand: »Euch schlafen!«

Mit entschlossen vorgestrecktem Kinn begehrt der Dreikäsehoch Einlass. Aber nicht ohne ein Kuscheltier.

Wieso, bin ich nicht Kuscheltier genug? Nein, der große Tiger muss es sein. Der weiße mit den schwarzen Streifen, denn sonst kann sie unmöglich einschlafen.

Aus meinem Munde quält sich ein verschlafenes und doch bestimmtes *Nein.*

Nein, Mama klettert jetzt nicht auf den Stuhl, um an das Regal dranzukommen, auf dem der weiße Tiger liegt. Nein, tut sie nicht.

Ich halte ihr diverse Stofftiere hin, die stets in greifbarer Nähe zwischen meinem Mann und mir liegen. Sex wird sowieso überbewertet.

Klein Ella schüttelt ihre blonde Mähne, dass die Haare nur so fliegen, und schiebt die Unterlippe vor. Beim lila Bären jault sie los. Mein Mann sitzt mit einem Schlag senkrecht im Bett.

Nachdem ich ihm versicherte, dass der Rauchmelder blond ist und vor unserem Bett steht, stiehlt sich ein sanftes Lächeln auf die Züge meines stets besonnenen Ehemannes. Er bietet ihr ein Stofftier an und zwinkert. Ella lächelt engelsgleich zurück und greift nach dem dargebotenen bunten Kuschelvogel.

Puh. Wie macht er das nur? Egal, nur noch schlafen.

Scheiß Vollmond.

Kurz darauf schläft Papa, Mama schließt ebenfalls selig die Augen und Kind schmeißt sich von links nach rechts. Sie drückt ihre Knie in meinen Rücken. Ihre Fingern krabbeln an meinem Arm hoch unter runter. Dabei summt sie ein Liedchen.

Kind, höre ich mich müde sagen, hör auf zu zappeln, sonst wird's nix mehr mit Schlafen.

Rabenmutter! Armes Kind! Müde. Blick auf die Uhr. In einer halben Stunde würde mein Wecker sein Bestes geben. Zeit genug noch einmal einzuschlafen. In der Folge schließe ich erneut die Augen und versuche mein Glück.

Doch offenbar hat auch Ella Probleme mit dem Einschlafen. Zwar liegt sie jetzt still, doch sie benutzt mich als Einschlafhilfe und knubbelt mein Ohrläppchen.

»Maus, ich hab dich lieb, aber hör auf zu knubbeln. Dann kann Mama auch schlafen und von Kuschelvögelchen träumen.«

Endlich Ruhe. Nichts bewegt sich. Ich seufze entspannt auf.

»Mama?«

»Hm?«

»Ich hab dich lieb.«

»Ich dich auch, Süße.«

Gefühlte drei Sekunden später dröhnt der Wecker und ich beantworte diese Störung mit einem gezielten Schlag auf den Stopp-Knopf. Ich drehe mich noch einmal um. Nur noch fünf Minuten. Mein Ohrläppchen fühlt sich heiß an.

Eine halbe Stunde zu spät stehe ich auf. Eigentlich hätte ich jetzt sofort ins Büro fliegen müssen, um noch pünktlich zu kommen. Egal. Zeit für einen Kaffee muss sein. Morgens um sechs ist sowieso nur der Wachdienst da und kein Schwein interessiert sich dafür, ob ich um sechs oder um halb sieben in die heiligen Hallen schwebe.

Fünfunddreißig Minuten später sitze ich vor dem Computer, starre auf den Bildschirm und stelle fest, dass Starren etwas Einschläferndes hat.

Kurz: Ich bin müde, verdammt müde. Unsagbar müde und einzig die große Kaffeetasse vor der Tastatur verhindert, dass sich mein Kopf hinabsenken kann.

Gegen acht Uhr schleicht meine kinderlose Kollegin ins Büro. »Scheiß Vollmond. Ich bin hundemüde«.

Ehrenwort: Bei allen meinen zukünftigen Kindern wird die nächtliche Windelenthaltsamkeit weder bei Vollmond noch unter der Woche realisiert werden!

Zur Sicherheit lege ich am Abend den Tiger in unsere Bettmitte. Gleich neben den Kuschelvogel.

Man kann ja nie wissen.

Frau Kohlhaas lädt ein

Im Allgemeinen wecken Kindergeburtstage bei mir angenehme mütterliche Nostalgie. Ach, wie groß sind sie geworden. Einmal pusten, wünsch Dir was. Alles Gute, kleiner Knopf. Vier Jahre. Und die Mama ist ja so stolz.

Jedes Mal ertappe ich mich dabei, wie ich mir eine einsame Träne aus dem Augenwinkel tupfe. Kindergeburtstage sind etwas Ergreifendes. Solange es den eigenen Spross betrifft.

Schmollend stehe ich in der Küche, einen Cappuccino in der rechten, die Einladungskarte für meine Tochter in der linken Hand und meckere leise in mich hinein.

Da ist es wieder, das Los aller Kindergartenmütter. Sie müssen auf Kindergeburtstage gehen. Nicht immer, nur manchmal. Nur dann, wenn die Eltern des Geburtstagskindes nicht mit vier bis fünf Drei- bis Fünfjährigen klarzukommen glauben. Aus diesem Grund laden sie die Mütter mit ein. Das ist gemein. Vor allem dann, wenn man sich schon freute, ein paar gestohlene Stunden für sich zu haben.

Der Konjunktiv überrollt mich mit ungebremster Wucht. Was hätte ich alles tun können? Zwei gestohlene Stündchen mit Vollbad und einem guten Buch? Shoppen gehen? In Ruhe eine Kolumne schreiben? Wäsche bügeln?

Ach nein, das nun doch nicht.

»Spielst du dann mit uns der Fuchs geht um?«

Was? Ja, klar. Und das sogar mit Begeisterung. Wenn ich mich dann nicht mit Frau Kohlhaas unterhalten muss?

Wer war Frau Kohlhaas gleich noch mal?

Dunkelhaarig, schwarzberandete Brille, klein, schmächtig, unsichtbar? Etwa die Frau Kohlhaas, die ihre Schultern permanent hochzieht und ständig aussieht, als würde sie sich jeden Moment bei jedem für irgendetwas entschuldigen wollen?

Sie ist mir unheimlich. Sie ist der stets leidende Typ der vom Leben überfordert und mit leicht wirrem Blick bei jedem Schritt nach Verständnis und Zustimmung hechelt.

Ich erinnere mich. Neulich zischte eine Mutter an der Kindergartengarderobe »Mach schnell, die Kohlhaas kommt.«

Kurz darauf war sie aus dem Gebäude herausgestürzt und hatte besagter Dame im Vorbeirennen flüchtig zugenickt.

Feuer und Eis. Himmel und Hölle. Die Kohlhaas.

Ich nehme mir fest vor mit den Kindern blinde Kuh, Dosenwerfen, Luftballons zertreten und irgendwas fällt mir dann schon noch ein, zu spielen.

Meine Tochter freut sich riesig, springt umher, singt, probiert alle ihre Kleider an, natürlich nur die mit Blumen und Glitzer drauf, denn sie will ja besonders schick sein und packt eine Tasche mit diversem Inhalt. Geschenke für Julia. Halsloses Kind eines schulterhochziehenden Muttertiers.

Mit einiger Überredungskunst schaffe ich es endlich, das Gehör meines kleinen Sonnenscheins zu finden und sie von einem uneigennützigen Vorhaben abzubringen. Mamas rote High Heels passen der Julia nicht. Nein, tun sie nicht. Ganz ehrlich.

Nebenbei bemerkt ist es für bestrebte Eltern ein schwieriges Unterfangen, die Stimme auf die Empfängerfrequenz ihrer Kinder einzustellen. Insbesondere Mütterstimmen haben beim eigenen Spross oftmals die gleiche Wirkung wie Hundepfeifen beim gemeinen Röhrenpilz. Keine. Gelegentlich dringen jedoch einige Wortfetzen an das begehrte Kinderohr. Bevorzugt wären hier Eis, Keks, Kino und Fernsehen zu nennen.

Nun denn, Herz und gute Laune gepackt und dem Leidensszenario ein Schnippchen geschlagen. Kommt her ihr Kinder und lasst uns spielen und toben, bis die Wände wackeln. Wir werden unseren Spaß schon haben.

Mit wehleidigem Blick verabschiede ich mich von meiner Badewanne und somit von den drei großen B´s, die ich mir manchmal gönne. Badewanne, Buch, Bett. Und wer weiß, vielleicht ist Frau Kohlhaas ja auch ganz nett …

Ist sie nicht!

Kaffee ist alle

Mütter haben immer gute Laune zu haben. Immer. Ohne Ausnahme. Nur morgens nicht.

In dieser stillen Zeit, ohne das leiseste Warum, ohne Trotzanfälle und nutellaverschmiertem Kindermund, darf ich ganz alleine für mich schlechte Laune haben. Insbesondere morgens um fünf. Und erst recht, wenn der Kaffee leer ist.

Der Inhalt der Kaffeedose spiegelt die gähnende Leere wider, die sich um diese unchristliche Uhrzeit in meinem Hirn aufhält. Aller Voraussicht nach wird sich das ohne Koffein auch nicht ändern.

Fünf Uhr. Da steht doch niemand auf. Doch. Ich. Und ich versuche dabei äußerst behutsam, keine instationären Geräusche zu verursachen. Dies könnte winzige vierjährige Quälgeister aus ihren Daunenhöhlen locken.

Gemeint ist mein Sonnenschein, stets bereit, beim leisesten Geraschel aufzuwachen und nach ihrer Mutter, also mir, zu verlangen.

Ich übe mich in Askese. Keinen Kaffee. Keinen Laut. Und geduscht wird im Sitzen, denn prasselndes Wasser von heißen Duschen weckt morgens um fünf nicht nur Lebensgeister, gelegentlich auch Kinder.

Nebenbei stelle ich fest: Heißes Wasser erzeugt Dampf. Dampf lässt zellulitisentstellte Oberschenkel in sanftem Dunst verschwinden. Dampf steht mir gut.

Ich freue mich aufs Büro. Nein, eher auf die Abteilungsküche. Noch genauer, auf die volle Kaffeedose im Küchenschrank der Abteilungsküche.

Bis dahin gilt: Leise sein. Mittlerweile beherrsche ich das geräuschlose Bewegen durch unser dunkles Haus wie der Löwe das Heranpirschen an die nächste Mahlzeit.

Ebenso sind geübte Mütter bewandert in der Kunst des Blindankleidens, denn ein Betätigen des Lichtschalters dicht neben der Höhle des schlummernden Liebeleins könnte spontane Aufwachmanöver ins Leben rufen.

Also greife ich blind in den Kleiderschrank. Rot liegt links, Blau daneben, Grün oben, Beige, Sanftbraun, gelbliche Farben rechts und Untragbares liegt unten. Und Schwarz? Egal.

Die Schuhe in der Hand betrete ich die erste Stufe der Treppe.

»Mama?« Jetzt nur keine überflüssigen Bewegungen. »Mama!«

Seufzend ziehe ich den Fuß zurück. Das Licht geht an.

»Wo gehst du hin?« Verschlafen, äußerst niedlich und mit vorwurfsvollem Blick steht ein blonder Engel im Türrahmen. Mein schlechtes Gewissen sitzt mir wie ein eiternder Pickel auf der Seele.

»Schlaf noch, Liebes. Mama geht arbeiten.« Ich hauche dem Wesen einen Kuss auf seine nachtwarme Wange. Mein Kind duftet wunderbar. Viel besser als Kaffee.

»Oh nein, immer musst du arbeiten«, schmollt die kleine Frühaufsteherin.

Besänftigend stelle ich ihr in Aussicht, nach dem Mittagessen diverse interessante Dinge mit ihr zu unternehmen, wie Pfützentreten, Riesenbilder malen oder bunte Kuchen backen.

Völlig unbeeindruckt übergeht sie mein verlockendes Angebot. »Ist heute Kindergarten?«

»Ja«, sage ich, »aber erst viel später. Kuschel dich wieder ins Bett, Süße. Es ist noch sehr früh, die Vögelchen schlafen noch und der Papa schläft noch und ...«

... die Mama schläft eigentlich auch noch.

»Ich will nicht in den Kindergarten. Immer Kindergarten. Kindergarten ist blöd!«, dröhnt es aus dem lieblichen Spross heraus.

Einen Augenblick sinniere ich darüber nach, ob ich in das Wehklagen einstimmen soll.

Ich will nicht ins Büro. Immer Büro. Büro ist blöd.

Mein kurzes Innehalten interpretiert das Kind offenkundig als Bestätigung ihrer Klage und beschließt, ebenso mutwillig wie lautstark, ab jetzt wach zu sein. Morgen stünde sie auch so früh auf und über den Rest der Woche reden wir noch.

Mütter kennen ihre Kinder. Mütter sind in der Lage, die Gedanken ihres Nachwuchses auf Papier zu bannen, bevor diese gedacht sind. Aus diesem Grund kommt mir die nächste Frage nicht unerwartet daher.

»Kann ich eine Banane haben?«

Vor meinen Augen steigt meine gefüllte Kaffeetasse in ein Flugzeug und fliegt nach Panama. Einmal Sonneputzen und zurück.

»So willst du nicht ins Büro, oder?« Mein Mann hat unser Gerede im Flur dem Anschein nach nicht in seine Träume einbauen können, das Licht angeknipst und sieht mich mit erhobenen Brauen an.

Etwas irritiert schaue ich an mir herunter und muss zugeben: Aubergine auf Zitronengelb wirkt ein klein wenig eigentümlich.

»Ich will eine Banane!«

Die unmissverständliche Aufforderung unserer Tochter reißt mich aus meiner Überlegung, wie ich es anstellen könne, das bezaubernde Kind von der Notwendigkeit des Schlafes und eines Kindergartens zu überzeugen und gleichzeitig meine Kleidung zu wechseln.

Es gelingt mir nicht. Nicht ohne Kaffee und nicht mit Zitronengelb.

Mein stets weiser und diplomatischer Mann schreitet helfend ein.

»Hole bitte eine Banane«, nickt er in meine Richtung und wesentlich weicher wendet er sich unserem Püppchen zu. »Und du kleiner wacher Stöpsel kommst zu mir«.

Stöpsel jauchzt, grinst und klettert zu ihrem Vater ins Bett.

Drei Minuten später stehe ich mit Banane bewaffnet in der Schlafzimmertür und bewundere vorbehaltlos meinen Angetrauten, der hellwach und kichernd mit Ella ein Buch ansieht.

Hach, selige Harmonie. Vater und Tochter. Wie schön.

Herzlich drücke ich mein Kind an meine rabenmütterliche Brust und ihr die Banane in die Hand, verteile Küsschen und eile die Treppe runter.

Kaffee, ich komme.

Ich rase ins Büro, renne drei Stockwerke hoch, reiße die Tür auf, greife mir die Kaffeedose und schüttele sie. Ein tiefer Frieden überfällt mich. Danke.

Minuten später zieht der typische Duft gerösteter Kaffeebohnen durch mein kleines Büro. Entspannt führe ich die Tasse an die Lippen und schließe für einen kurzen Moment die Augen.

»Mussten Sie sich heute Morgen im Dunkeln ankleiden?«

Mein Chef steht in der Tür und seine Blicke drücken Unglauben aus.

Ich zucke die Schultern. Zitronenblau und Apfelgrün. Oder war es Aubergine? Egal.

Hauptsache, ich habe meinen Kaffee.

Hallo, Schatz! Wie war dein Tag?

Hin und wieder fühle ich mich ein wenig wie ein Hamster im Laufrad. Man sagte mir, das sei normal, so ginge es vielen berufstätigen Müttern.

Tagein, tagaus dröhnen die mahnenden Glöckchen des Hamsterrades. Hausaufgaben, Haushalt, Einkauf und zum zweiten Mal an diesem Tag den Hund übers Feld zerren. Die innerliche Liste wird abgehakt. Mehrmals stündlich, täglich, wöchentlich, monatlich und bitteschön mit wachsender Begeisterung.

Habe ich seit heute Morgen eigentlich mal in den Spiegel geschaut?

Sie kennen das, oder? Sie kennen das, ich erzähle Ihnen nichts Neues. Vielleicht mögen Sie jetzt denken, was will die eigentlich? Ich habe drei Kinder, zwei Hunde, eine Katze, fünf Meerschweinchen, arbeite halbtags und Sonntagsmorgens trage ich Zeitung aus. Oder: Was soll ich sagen? Ich bin alleinerziehend und habe nicht mal einen Mann! Sorry, Mädels. Alles richtig, alles schlimm. Aber uns verbindet etwas: Wir sind alle Mütter und wir gehen alle bis zu unserer Belastungsgrenze. Ich gebe zu, meine mag da nicht ganz ausgereizt sein. Aber auch Belastungsgrenzen sind subjektiv. Schauen wir unsere Kinder an. Der kraftaufreibende Akt des Müllrausbringens einmal täglich lässt sie zu Äußerungen wie: »Immer muss ich hier alles machen« hinreißen.

Die Rollen sind klar verteilt.

Der Blick auf die Uhr verrät: Das Kind kommt in fünfzehn Minuten aus der Grundschule nach Hause. Die vierte Klasse ist hart. Die Anforderungen sind hoch, die Entscheidungen für die weiterführenden Schulen und bis zu drei Klassenarbeiten pro Woche stehen an. Die Nachkommastellen haben massiven Stellenwert. Schnell irgendetwas kochen. Nur was? Natürlich etwas Gesundes, mit essentiellen und Omega-3-Fettsäuren, vielen Vitaminen. Ausgewogen, sättigend, schmackhaft: Brokkoli und Fischstäbchen!

Meine Güte! Am Vormittag *Profits and Losts* und kurz darauf Gassigang in Matsch und Pfützen. Was sind wir berufstätige Mütter doch für Allrounder! Tausendsassas, Alleskönner, Eier legende Wollmilchsäue, stets flexibel und einsatzbereit, nie krank – und wenn doch, dann wird das auf Termin zwischen Elternabend und »Anpassen der Zahnspange« gelegt. Natürlich erst nach dem Büro, dem Gassigang, dem Mittagessen; nach dem täglichen Hausaufgabenterror, das heißt, wenn dann noch Zeit bleibt. Also eigentlich nie. Wir sind nur während des Schlafens krank und da schlafen wir uns gesund. Das und vieles mehr meistern wir sogar noch mit veränderter Hypophyse. Leider weiß meine Tochter nicht, was das ist und wenn, würde sie sich gleichgültig ein Ei drauf pellen.

»Ich hasse Fischstäbchen!« Das unwissende Wesen zerstochert den gepressten Fisch und kaut angewidert auf dem Brokkoli herum. Der Hund beschließt, sein wallendes Fell direkt in der Küche zu schütteln, wobei sich das getrocknete Schlamm-Wasser-Gemisch großzügig verteilt.

Verzweifelt suche ich an der Zimmerdecke ein Erfolgserlebnis. Ich will ja nicht viel. Nur ein »Mmh, lecker Brokkoli, Mama!«, von der Tochter oder ein »Hallo Schatz, hast du abgenommen?« von meinem Mann oder – immer wieder gerne genommen – auch ein » Sie haben sich eine Gehaltserhöhung verdient und nehmen sie sich doch einfach diese Woche mal frei!«, von meinem Chef.

Mir wird nachgesagt, ich wär ein hitzköpfiger Typ. Mag sein. Allerdings erlerne ich mit zunehmendem Alter das innerliche Aufbrausen. Ich sitze, lächle, ignoriere, starre Löcher in die Luft oder in den PC-Bildschirm und denke: »Blast mir doch alle mal den Schuh auf. Soll die heiß geliebte Dreckschleuder doch in den Garten kacken, ich werde einen verdammten Teufel tun, bei so einem Scheißwetter durch Pfützen zu latschen und Bällchen zu werfen! Hattu fein Kacka gemacht! Ganz fein! Buckel runterrutschen! Iss Schokolade zu Mittag!

Dann lächle ich mein zauberhaftes Kind an, tätschle unserm Hund den feuchten Kopf und sage sanft »Morgen gibt es Spaghetti!«

Und wahrscheinlich wieder Regen.

Tochter kapiert Mathe nicht und ich bin schuld. Wer sonst? Mütter sind immer schuld. Alternativ derjenige, der gerade zugegen ist. Das ist bei schulpflichtigen Kindern in die Regel die Mutter. Also bin ich schuld. Meine zaghaften Versuche, mich in die Problematik einer simplen Division zu vertiefen und die ganze Sache mit den Augen meines Kindes zu sehen, werden unterbrochen von hektischem Gebaren unseres vierbeinigen Familienmitgliedes. Mein stets gut gelaunter Mann kommt nach Hause. Die Küche ist immer noch total versaut, das Kind tobt und er stellt die ultimative Frage: »Hallo Schatz, wie war dein Tag?«

Einmal Haustier, bitte!

Verläuft das Leben gleichmäßig und ohne große Überraschungen, wiegt man sich in Sicherheit: So kann es bleiben, so ist es gut. Gelegentlich jedoch wird der Mensch leichtsinnig und setzt die geliebte Ordnung aufs Spiel. Beispielsweise dann, wenn Kinder vorhanden sind und die Sprache auf Haustiere kommt.

Die grundsätzliche Aussage, welche nach 12 Jahren tierloser Ehe zu treffen ist, bis heute unverrückbare Gültigkeit hat und von mir niemals infrage gestellt wurde, ist folgende:

Ich bin eine glückliche Ehefrau. Mein Mann ist nicht einfach nur mein Mann, sondern auch Partner, guter Freund und von Zeit zu Zeit auch Leidensgenosse. Aber das ist eine andere Geschichte. Wir sind ein eingespieltes Team und stolze Eltern eines liebreizenden, gelegentlich widerspenstigen Kindes mit dem huldvollen Namen Ella. Wir bewohnen ein Haus in einer gefälligen Siedlung am Rande der Stadt, ruhige Lage und erstrebenswerte Spucknähe zur Autobahn inklusive. Möchte ich mit der Straßenbahn fahren, benötigt es lediglich ein paar leichtfüßige Schritte rechts aus unserer Haustüre heraus und - hüpf - rein ins Gefährt. Zur Bushaltestelle wende ich mich leicht nach links. Schwupps und drin. Das ist praktisch. Nur nachts nicht. Da nämlich stört das Bimmeln der OEG-

Ampel-Warnanlage, die uns alle halbe Stunde mitteilt, dass die Zeit bis zum Weckerklingeln nahe rückt. Wir haben uns daran gewöhnt und schlafen mit Ohrstöpseln. Das blecherne Surren der Schranke, wenn sich diese herablässt und nach einigen Minuten, untermalt vom Bimmeln, wieder öffnet, versuchen wir noch in unsere Träume einzubauen.

In einer dieser schlaflosen Nächte überzeugte mich mein Mann mit einer rettenden Idee: »Schatz, lass uns vom Transsibirien-Express träumen. Da lässt sich das Bimmeln dieser Drecksschranke so schön einbetten«.

Ich fand »einbetten« gut und passend. Seitdem steigen wir ab Einbruch der Dunkelheit beseligt ins Bett und treten unsere gemeinsame Reise an, bis es wieder hell wird.

Unsere Nachbarn sind größtenteils netter, aufgeräumter Durchschnitt und jeder pflegt sein Reihenhausgärtchen mit Hingabe, ohne rechteckig und bieder zu sein. Eine kaum erwähnenswerte Ausnahme bildet ein älteres, am Ende der Straße wohnendes Ehepaar. Dieses ist stolzer Besitzer eines übersichtlichen, mit Inbrunst gepflegten Vorgartens, der sicherlich drei Bierkästen fasst und geometrisch einwandfrei mit akkurat rund geschnittenen Buchsbaumkügelchen bestückt ist. Damit dieses Kunstwerk niemand zerstört, schmückt ein Stahlzaun in unauffälligem Braun, welches vorzüglich mit dem Altrosa des Hauses harmoniert, das Anwesen. Aber auch diese Nachbarn verhalten sich stets einwandfrei, sind angenehm höflich und bis auf den Gartenzaun noch nicht straffällig geworden.

Wir sind also, wie schon gesagt, eine glückliche, kleine Familie. Ganz die Norm, nichts Außergewöhnliches. Nett, normal, beruhigend.

»Ihr seid so herrlich normal«, beneidete mich jüngst eine Freundin. Ich gebe ihr Recht. Allerdings hat sie nett und beruhigend vergessen. Bei Gelegenheit werde ich sie darauf ansprechen.

Doch zu einer Zeit des Wandels bestimmte meine kleine sanfte Tochter unerwartet energisch: »Mama, ich will ein Haustier!«

So ist das eben. Wenn die Zeiten pädagogisch wertvollen Spielzeugs der Vergangenheit angehören, sucht man nach anderen Dingen. Diverse Forschungen belegen, dass Kinder mit Haustieren, vor allem mit Hunden, über eine größere soziale Kompetenz verfügen und eher bereit sind, Verantwortung zu übernehmen, als Kinder ohne direkten Tierbezug. Sie sind meist bewegungsfreudiger, zugleich ruhiger und ausgeglichener. Sie sind also zu Unzeiten gedämpft aktiv und das kann bisweilen erstrebenswert sein. Außerdem ist erwiesen: Einzelkinder können von Fall zu Fall Defizite im Sozialverhalten aufweisen. Auch reiben sie sich nicht an Geschwistern, sondern an den Eltern, vorzugsweise an der Mutter.

Im Prinzip war ich bereits überredet.

»Und was schwebt dir da vor?«, wollte ich von meinem blauäugigen Kind wissen.

»Ein Pferd!«

»Ein Pferd ist kein Haustier!«, widersprach eine männliche Stimme hinter dem Computer.

»Ist es doch! Es kann im Garten leben!«

»Wie wäre es mit einer Katze?« warf ich ablenkend in die Runde.

»Schatz!« Vorwurfsvollen Blickes wandte sich der Vater unserer einsamen Tochter mir zu. »Du weißt, dass ich allergisch gegen Katzen, Hasen und Meerschweinchen bin!«

»Mir egal!«, brüllte es jetzt von dem tierlosen Einzelkind, »ICH bin aber nicht algerisch! Papa kann ja ausziehen!«

»Ich ziehe nirgendwo hin. Soweit kommt es noch …!«

Schmollend bohrte unser kleiner Sonnenschein mit dem großen Zeh Löcher in den Teppich. Während ich verzweifelt grübelte, welcher tierische Artgenosse infrage kommen könnte, zupfte mich etwas am Ärmel. »Du Mama, wenn der Papa tot ist, krieg ich dann einen Hasen?«

»Ja klar, dann kriegst du einen Hasen, Süße.« Ich knabberte gedankenverloren am Daumennagel und mein Herzblatt schaute mich dankbar an.

Warum? Was hatte ich gerade gesagt? Was lautete noch gleich ihre Frage? Katze? Hase? Wer ist tot?

»Papa?«, säuselte unser Liebchen zart. »Wann stirbst du denn?«

»Du stirbst?« Irgendwie hatte ich den Faden verloren.

Ella schaute ihren Vater durchdringend an. Nahezu hypnotisch. Offenbar erwartete sie, dass ihr Erzeuger tot vom Stuhl fallen würde.

Der beschloss jedoch spontan, jetzt noch nicht abzutreten, trat stattdessen zu uns an den Tisch und gab seinem Unmut lautstark Raum. »Seid ihr noch zu retten!?«

Ich versuchte, das Gespräch weg von Tod und Teufel auf ein anderes Gleis zu lenken. »Ein Fisch wäre toll, oder? So ein Nemo in einem Glas«. Gleichzeitig lächelte ich versöhnlich meinem Mann zu: War nicht so gemeint, verzeihst du mir?

»Nemo ist doof!«

»Eine Maus«, kam der männliche Vorschlag. Er zwinkerte zurück: Weiß ich doch, schon okay.

»Maus ist auch doof!«

»Hamster?«, warf ich träge in die Runde.

»Total blöd!«

Eine Weile saßen wir uns schweigend gegenüber und suchten nach Alternativen. Doch weder Fußboden, Geheimschublade noch Zimmerdecke gaben etwas Brauchbares her. Schließlich, sich endlos ziehende zweieinhalb Minuten später, fand unsere Tochter als Erstes eine bahnbrechende Idee: »Ein Hund!«

Sie verblüffte mich mit ihrer Raffinesse, die sie natürlich von mir hat, und richtete diese Frage mit engelsgleichem Blick an ihren Vater. »Einen Hund, Papa. Bitte, bitte, bitte.«

Alle *Bittes* hier aufzuzählen würde zu weit führen,

also belasse ich es bei drei. Es waren jedoch deutlich mehr. Gefühlte fünfundzwanzigtausend. Eher mehr.

Mein Mann und ich warfen uns skeptische Blicke zu. Ein Hund. Dreimal am Tag Gassi. Fusselige Haare im ganzen Haus. Ein Dreck und Fell verlierendes, sabberndes Betteltier, welches unserer klinisch reinen Ella genießerisch das Gesicht ableckt, wenn wir gerade nicht hinsehen? Konnten wir uns vorstellen, gelassen und heiter zu bleiben, wenn Goldlöckchen einträchtig mit einem verfressenen Kläffer vor dem Napf sitzt und die beiden sich das Trockenfutter teilen? Und überhaupt, was so was kostet!

In stiller Übereinkunft nickten wir uns zu. Wer von uns würde den, nach sorgfältigem Abwägen getroffenen Beschluss dem winzigen, voll banger Erwartung erstarrten Wesen überbringen? Seufzend falteten wir die Hände.

Ellas Augen wuchsen auf die Größe von Billardkugeln. Sie krallte sich in die Stuhllehne, während sie heiser flüsterte:« Ein Hund …, ein kleiner Hund …, nicht viel …, nur so klein.« Ihre verkrampften Finger formten die Umrisse eines Straußeneies.

»Also, wenn, dann ein richtiger Hund! Mit so einer Straßenratte kann ich nichts anfangen«, brummte mein weiser Mann und zwinkerte unserem siebenjährigen Wonneproppen zu.

Ich richtete mich zu voller Sitzgröße auf, um dem Begeisterungsturm standhalten zu können, der nun auf dem Fuße folgen musste. Gespannte Vorfreude ließ uns Eltern erzittern. Gleich würde sie uns um den Hals fallen, Freudentränen ihre unverdorbenen Wangen benässen.

»Ich dachte schon, ihr könnt euch nie entscheiden«. Unser ausgesprochen wohlgeratener Sprössling verdrehte kurz die Augen, sagte es, stand auf und stellte im Weiteren ungerührt fest: »Ich hab Hunger. Wann gibt's Essen?«

»Gleich!«, hauchte ich mütterlich gefasst.

»Was denn?«

»Hotdogs!«

Lehrer Ribb

Neulich besuchte mich mein alter Freund Bernhard Ribb. Wie er sagte, befände er sich auf dem Weg zur Grube Messel bei Darmstadt, wo er sich unbedingt ein Stück Petrefakt, einen versteinerten Prachtkäfer mit Erhalt der primären Strukturfarben, ansehen möchte.

Noch während seines herzlichen, ribbtypischen Händedruckes, leicht zu feste Umklammerung meiner Hand mit kaum spürbarem Schütteln, wies er mich mit Nachdruck darauf hin, dass bei Weitem nicht jedes Fossil im Gegensatz zur Versteinerung mineralisiert wäre. Dabei übersah er vermeintlich unbeabsichtigt meinen verwirrten Gesichtsausdruck.

Denn weder ahnte ich, was sich hinter einem Petrefakt verbarg, noch erleuchtete sich mir der tiefere, unverfälschte Charakter von primären Strukturfarben. Gerade mal den Begriff Prachtkäfer bekam ich vage zugeordnet. Ich freute mich trotzdem, ihn zu sehen.

Bei einem Tässchen Kaffee erzählten wir über Dies und das und jenes und ich stellte wieder einmal fest, dass mich Ribbs Erzählweise stets etwas anstrengte, aber auch amüsierte. Der wache, interessierte Blick, die neckischen Lachfältchen um die Augen herum, dies alles macht ihn zu einem sympathischen, humorvollen Endfünfziger.

Ribb ist stolzer Lehrer an der Werkrealschule St. Hubertus im Ort Mettendorf, wo er mit Herzblut unter anderem Schüler der kleinen, beschaulichen Ortschaft Fischbach-Oberraden der Verbandsgemeinde Neuerburg des Eifelkreises Bitburg-Prüm unterrichtet. Er befindet sich bereits im dreißigsten Jahr seiner Lehrertätigkeit im Bereich der experimentellen Naturwissenschaften, federführende Mitwirkung im Kollegiumsausschuss lineare Kausalkette zum Thema Niveaukonkretisierung und Springer im Fach *Bildende Kunst*. Ich kenne keinen, der seinem Beruf so demütig untertan ist, wie Ribb. Keinen. Nicht mal mich selbst.

Auf meine Frage, wie es ihm denn so als Lehrkörper zurzeit erginge, sprudelte es nur so aus ihm heraus: »Die Kinder! Die Kinder! Ich sage dir, die Jugend von heute. Also nee, das glaubst du nicht! Aber ich stehe drüber, sag ich, drüber stehe ich.«

Er nahm einen hastigen Schluck Kaffee, bevor er weiter ausführte: »Paul Klee. Sagt dir was? Sicher doch, sicher doch. Also, Paul Klee, der Meister der zeitentbundenen Zeichensprache in Formen und Farben, dieser gewaltige Geist kindlicher und analytischer Werke.«

»Ja und?«

»Ich weiß, ich weiß. Die Schüler sind innerhalb ihrer Strukturen bei Weitem nicht in der Lage das ungemein tief liegende Konzept des Meisters zu erfassen. Also versuchte ich, meinen Schülern seine Werke als Unterrichtselement in Form von Bildvorlagen nahe zu bringen.«

»Bilder ausmalen?«

»Ja, so kann man es auch bezeichnen«, er nahm seine Brille ab, putzte sie sorgfältig und setzte sie wieder auf seine gerade Nase, »Die Vermittlung der tendenziellen Gegenwart lag mir dabei sehr am Herzen.«

»Aha …«

»Ja, und aus diesem Grunde kam mir die Idee eines Mitschülers, leise Hintergrundmusik während des Ausmalens, also die Vermittlung der Parallelprojektion sowie das Erlernen der Fluchtpunktperspektive, zu hören gar nicht so unpassend daher. Dagegen gab es nichts einzuwenden.«

»Ja, hat sicher Spaß gemacht. Welche Musik denn?«

»Bravo Hits. Völlig unkritisch, völlig unkritisch. Meinte ich zumindest.«

»Oh, was ist passiert?«

Ribbs Ausführung hierzu in wörtlicher Rede auszubreiten würde Sie als Leser und vor allen Dingen mich als Schreiber in Gänze überfordern. Lassen Sie mich nur so viel sagen:

Ribb verteilte die Ausmalblätter an die Schüler und versicherte währenddessen ununterbrochen, dass er den CD-Player nach dem Austeilen und dem Zücken der Malstifte umgehend anschalten würde. Ganz sicher, ja er schalte ihn an. Gleich. Ruhe jetzt! Ja doch! Sobald der letzte Schüler auch anfängt, auszumalen. JA! GLEICH! Kevin! Setz auch du dich hin! Torben, Moment. Ja, du kannst auch Rot nehmen für den Hals. Durchaus. KEVIN! Nimm die Finger vom Gerät! Bereits hier verschaffte ihm seine Angewohnheit, bei Nervenüberdruck in die linke obere Ecke des Zimmers zu starren, ziehende Schmerzen im Nackenbereich. Schließlich kehrte eine wohltuende Ruhe ein. Leises Blätterrascheln verkündete geballte Konzentration eifrig malender Schüler. Ribb lächelte zufrieden und drückte den Startknopf. Die Lautstärke regulierte er auf moderate Hörbarkeit, lehnte sich im Stuhl zurück und betrachtete stolz die gezähmte Schar zwölf- bis dreizehnjähriger Pubertierender, die friedlich und von Bravo-Hits beduselt vor sich hinzeichneten.

Ganze drei Minuten lang.

Dann brach das Chaos aus.

Justin war der Erste, der seine schöpferische Versunkenheit aufgab und zum CD-Player stürzte. Mit einem gezielten Handgriff und dem Ausruf: »Wahnsinn! HANGOVER« drehte er auf volle Lautstärke. Laura, von Fabienne animiert, sang sogleich lautstark mit und Kevin rief: »Das ist Taio Cruz feat. Flo Rida, Herr Ribb. Voll geil!« Miriam brüllte irgendwas von Ruhe und Konzentration, während Charisse Miriana Müller bitterlich zu weinen anfing, weil sie vor lauter Schreck den Stift mit der schwarzen Farbe quer über Paul Klees Ausmalbild gezogen hatte.

Ribb selbst fand nach kurzer Sprachlosigkeit zur gewohnten Stärke zurück und schaltete die Musik aus. Daraufhin begannen 19 von 28 Kindern lautstark zu protestieren, der Rest heulte oder sang noch mit, weil er das Ausschalten des Players überhaupt nicht wahrgenommen hatte. Ein beherzter Brüller des fassungslosen Ribb brachte schließlich Ruhe in die Klasse. Mit Auslassung des Liedes Hangover und moderater Lautstärke kehrte erneut Ruhe ein.

Ribb ließ sich erschöpft in seinen Stuhl fallen und schaute nach links oben. Diesmal nur eine Minute. Dann huschte Marcel nach vorne, nuschelte »Ich hasse dieses Lied« und veranlasste den CD-Player dazu, nach kurzem Reinhören von 12 weiteren Liedern unter voller Lautstärke schließlich den Song 23 abzuspielen. Umgehend war der Raum erfüllt von aktueller Chartmusik und Ausrufen wie »Yeah, geil! Bruno Mars«, »Mach das weg, du Hirni« sowie »LAUTER« und »Verpiss dich vom Player, du Depp«.

Justin, Fabienne, Megan und Fox gesellten sich zu Marcel, wobei jeder versuchte, seinen Wunschsong abzuspielen. Charisse kletterte auf Ribbs Schoß und hielt ihm ihr verpatztes Bild unter die Nase, während sie schreiend die Musik zu übertönen versuchte, um ihrem Lehrer mitzuteilen, dass sie Bruno Mars auch schrecklich fände. Chiara, Emily und Aileen probten den neuesten Tanz zu dem Song »Heart Skips a Beat« und der kleine hyperaktive Brian sprang im Takt von Tisch zu Tisch, während Timo auf Marcel einprügelte, weil dieser den Finger in der CD-Hülle eingeklemmt hatte und somit kein Herankommen an CD2 war. Lehrer

Ribb versuchte erfolglos, das Mädchen von sich weg zu schieben und gleichzeitig den Lautstärkeregler zu erreichen. Sein Gebrüll verhallte ungehört zu den Klängen von Aviciis Levels.

Schließlich und endlich erlöste ihn der Schulgong zur nächsten Pause. Mit einem Schlag waren keine Bässe mehr zu hören, das plappernde Kind von seinen Knien verschwunden und so schnell, wie die Kinder und die Charts über ihn gekommen waren, verschwanden sie auch wieder. Zurück blieben jede Menge unfertige Ausmalbilder, eine defekte CD-Hülle und ein desillusionierter Ribb mit irreparabel verkrampfter Nackenmuskulatur.

Gestern las ich in der Zeitung: Es wird für die Werkrealschule St. Hubertus im Ort Mettendorf des Eifelkreises Bittburg-Prüm eine Vertretungskraft für das Fach »Bildende Kunst« gesucht. Alle Klassen. Eintritt: sofort.

Solange du die Füße unter meinen Tisch …

Heute bin ich in einem Alter, welches ich als „voll alt“ bezeichnen würde, wenn ich mich im erfrischenden Alter und in direktem Vokabular meiner Tochter befände.

Ich selbst würde mein Alter als vorübergehend bezeichnen, was es ja im Prinzip auch ist. Sagen wir mal so, ich höre seit Kurzem genauer hin, wenn von Antifaltencreme die Rede ist. Widerstrebend befinde ich mich in dem Alter, in dem meine Mutter in meinem Alter war. Und ich benehme mich in den Augen meiner Tochter ähnlich grauenhaft, insbesondere meiner Tochter gegenüber, was ich aber nie zugeben würde.

Zeitweilig ertappe ich mich dabei, wie einst verhasste Sätze wie durch Zauberhand über meine Lippen gleiten und unbeeindruckt an genervten, pubertätsgebeutelten Synapsen abperlen wie Wassertropfen an einem Waschbecken mit Lotuseffekt-Beschichtung.

Wie es aussieht, hat das Aktionspotential meiner Tochter diesbezüglich einen durchaus binären Charakter. Ganz oder gar nicht. Alles oder Nichts. Eins oder null. Unser heiß geliebter Nachwuchs tendiert eindeutig zur Nichtbeachtung diverser Ermahnungen, gut gemeinter Ratschläge und sinnvoller Sprichwörter.

Sie nullt mich quasi aus.

In der Mehrzahl der Fälle besinne ich mich auf meinen Erziehungsauftrag, zucke gequält mit den Schultern und tröste mich. Mit Schokolade beispielsweise. Auch Armleuchteralgen, Mimosen und Pantoffeltierchen weisen Aktionspotentiale auf und sie leben für ihre Verhältnisse nicht schlecht.

Mein damaliger Alltag war von Omas Weisheiten und Mutters Ermahnungen geprägt. Meine Großmutter verstand es im Gegensatz zu ihrer Tochter, in kurzen knappen Sätzen auszudrücken, wo man sich gerne stundenlang und hoch philosophisch ergötzt, oder gerne mal einen Brüller loslässt und logische Konsequenz walten lässt. Wie zum Beispiel die Erteilung des lebenslangen Computerverbots.

Gern erinnere ich mich an diese sanfte Frau mit unzähligen Lachfältchen im Gesicht. Wenn ich als aufmüpfiger Dreikäsehoch zornesrot das ein oder andere begehrte, was ich nicht zu begehren hatte, dieses oder jenes nicht einsehen wollte oder mit meiner zickigen Freundin nie wieder ein Wort zu wechseln gedachte, lächelte sie und sagte auf ewig ins Hirn gemeißelte Dinge wie:

Die Sonne geht auf und sie geht wieder unter. Pups einfach drauf und bleibe brav munter. In der Ruhe liegt die Kraft. Langes Fädchen, faules Mädchen. Was du nicht willst, dass man dir tu, das füg auch keinem andern zu.

Einmal öffnete sie nur für mich die Dose mit den Weihnachtsplätzchen lange vor der Zeit, zwinkerte mir zu und sagte: „Die Wolken ziehen hin, die Wolken ziehen her, der Mensch lebt nur einmal und dann nicht mehr."

Wer nun denkt, diese netten Zurechtweisungen hätten mich damals von der Palme geholt, geduldiger und einsichtiger gemacht, der irrt gewaltig. Die Wirkung tritt erst später ein. Ähnlich wie Ibuprofen akut. Ein Schmerzmittel, das bei akuten Schmerzen genommen werden kann und garantiert bereits eine Stunde später wirkt. Was also bei Schmerzmitteln die Stunde ist, sind bei Omas Weisheiten Jahrzehnte. Die subtile Wirkung tritt spätestens bei der Aufzucht des eigenen Nachwuchses ein und sobald diese in der Lage sind, zu erkennen, dass an der Supermarktkasse Schokoriegel liegen. Immer.

Mal ehrlich, wir wollten die Sätze unserer Eltern und Großeltern nicht sagen. Wollten wir nicht. Ums Verrecken nicht. Wir würden alles anders machen, hatten wir posaunt. Alles.

Und heute befinde ich mich am laufenden Meter auf diversen Palmen unterschiedlicher Höhe, bin ungeduldig und beratungsresistent. Wer in solchen Momenten wagt, mir ein entsprechendes Wortgeklingel an die Backe zu kleben, erlebt höchstwahrscheinlich einen verbalen Tsunami. Dann höre ich mich sagen: »So lange du die Füße unter meinen Tisch ...«

Gelegentlich jedoch steigt aus den Tiefen meines tobenden Inneren ein lächelndes Gesicht auf und sagt leise: „Einen Satz trag in den Ohren, wer sich aufregt, hat verloren."

Ist doch wahr. Solange sie die Füße unter unseren Tisch strecken, sollen sie tun, was wir, die Eltern sagen. Oder? Ist doch so. Aber echt. (An dieser Stelle stampfe ich jetzt gewöhnlich mit dem Fuß auf und schiebe die Unterlippe vor.)

Weil sich alles in der Welt wiederholt wie Ebbe und Flut, die Jahreszeiten, Gewichts Zu- und -Abnahme, stoßen nun heute diese Weisheiten bei meinem eigenen Kinde auf taube Ohren. Das ist der Lauf der Dinge, das muss so sein.

Doch ich bin mir sicher: In den Tiefen des Unterbewusstseins meiner uneinsichtigen Tochter manifestieren sich diese kleine Lebensklugheiten und treten bei Bedarf zutage. Spätestens mit der Mutterwerdung. Und ich übe heimlich das wissende und gütige Lächeln meiner Oma.

Gut Ding will Weile haben.

Urlaub mit Teenager

Letzten Sommer beschlossen mein bester Ehemann und ich, gemeinsam mit unserer Tochter Ella in den Süden zu fliegen und Zypern kennenzulernen.

Einträchtig schüttelten wir den Kopf über Touristen, die ihr All-Inclusive-Sorglospaket mit 24-Stunden-Rundumversorgung nur unter Androhung von Gewalt unterbrachen.

Aber nicht mit uns!

In schwelgender Erinnerung an frühere, aus Geldmangel sehr spartanische Rucksackurlaube und Holzhütten ohne Klimaanlage, waren wir der Überzeugung: Wahrer Urlaub benötigt keinen Luxus. Aus diesem Grund hatten wir neben dem Bungalow mit Meerblick und täglicher Grundreinigung nur Frühstück gebucht. Der Rest würde sich irgendwie jagen, fangen oder von Palmen pflücken lassen. Schließlich waren wir jung, aktiv und unternehmungslustig. Wir waren die Sorte Eltern, um die ein lebensfroher Teenager von seinen Freunden beneidet wurde.

Freudig begannen wir mit dem Einzug in unser Hotelzimmer und warfen noch vor dem Auspacken unserer Koffer die im Handgepäck befindlichen Handtücher auf Poolliegen. Man konnte ja nie wissen. Nun, zumindest in einem Fall sollte ein Handtuch sich die nächsten zwei Wochen von dort auch nicht mehr fortbewegen.

Schneller als uns lieb war, wurden wir vor die Wahl gestellt: Urlaubsaktivitäten oder chillen mit Justin Bieber, Sido & Cro?

Wir stellten fest, bisher konnten wir, mein geduldigster Ehemann von allen und ich, uns glücklich schätzen, unseren pubertierenden Nachwuchs weder an Alkopops, Zigaretten noch an sonstige Betäubungsmittel verloren zu haben. Zumindest nach aktuellem Stand. An Urlaub hatte unser verwöhntes Elternherz dabei nicht gedacht. Warum auch. Im Jahr zuvor freute sich unsere Halbwüchsige noch über Tagesaktivitäten im Kinderclub und bescherte den Eltern die Freude waghalsiger Unternehmungen in trauter Zweisamkeit. Oder eben eine ruhige Zeit am Strand. Oder im Pool. Oder an der Cafébar.

Doch Eltern müssen zwangsläufig die Fähigkeit erlernen, spontan auf höhere Teenagergewalt zu reagieren. Da steht zwar in jedem Erziehungshandbuch, das man nicht gelesen hat, gilt aber sowieso immer nur für die anderen.

Die reifezeitrelevanten Affinitäten ändern sich, wie jeder weiß, der sich entsprechende Literatur verinnerlicht hat oder auf den Erfahrungsschatz von Freunden zurückgreifen kann, in spontanen Zeitintervallen. Unter Umständen wöchentlich, häufig täglich. Stündlich hatten wir auch schon. Abgesehen von der Tatsache, dass Ella bereits mit vier in der Lage gewesen war, ein Eis unfallfrei zu vertilgen und dieser Entwicklungsschritt, wie auch die Fähigkeit des Aufräumens ihres Bermudadreieckes, sich vorübergehend in einem versteckten Speicher ihres Gedächtnisses zurückgezogen hat, ging sie in diesem Urlaub unter die Erfinder. Und das in absoluter Bewegungsunfähigkeit. Das sollte ihr mal einer nachmachen.

Ihre aktuellste Entdeckung nannte sich WIFI-Bräune.

Unsere zauberhafte Spaßbremse gedachte ab der ersten Minute, zu chillen, abzugammeln, herumzuhängen, kurz, nichts zu tun. Dies schloss die schweißtreibende Tätigkeit des zyklischen Körperwendens auf der Liege mit ein.

Ella war allenfalls in der Lage, gelegentlich Nahrung aufzunehmen und sich kurz vor dem Überschreiten des individuell erträglichen Hitzezustandes zum Meer zu begeben, sich dort temperaturtechnisch zu normalisieren, um dann die gewohnt legere Position auf der Sonnenliege einzunehmen. Eine Hand am Handy, ein Ohr verstöpselt, den Rücken lässig angelehnt, ignorierte sie ihre erlebnishungrigen Eltern und versank in den Tiefen von WhatsApp, Justin Bieber und Asking Alexandria.

Sie sagte Entspannung dazu, wir nannten es Wundliegen.

Pädagogisch geschickt versuchten wir, etwaige unsensible Zerschlagungen des pubertätsbedingten brüchigen Selbstwertgefühles weiträumig zu umgehen: Wir schlugen vor, sie könne sich auch mal umdrehen. Mittlerweile sähe sie nämlich aus wie eine in der Länge aufgeschnittene Kinderschokolade.

Erwartungsgemäß kam das nicht so gut an. Sie zog den Stöpsel aus dem Ohr und bedachte uns mit einem Mienenspiel, das wir kennen, wenn Brokkoli oder irgendwas mit Fisch auf den Tisch kommt.

»Boah, ihr seid echt sowas von uncool. Chilled mal eure base.« Damit entfernte sich unser halbes Überraschungsei unter Zuhilfenahme zweier Ohrstöpsel unmissverständlich aus der elterlichen Frequenz und bildete gemeinsam mit ihrem Handtuch eine hermetisch abgeriegelte Einheit.

Wir beschlossen, auf unsere Weise zu chillen und gingen schwimmen. Bei unserer Rückkehr lag sie auf dem Bauch. Eine entfernte Ähnlichkeit mit einer angekokelten Chilischote, vorne leicht gebräunt, hinten rot, war nicht abzustreiten.

Nun, sie nahm, wie gesagt, keine Drogen und rauchte nicht. Das einzige Handicap würde ein kurzfristiges Unvermögen sein, länger als wenige Sekunden auf einem Stuhl zu sitzen. Zumindest so lange, bis der Sonnenbrand abgeheilt war.

Wir hegen nach wie vor die Hoffnung auf eine naturgemäße Speichererweiterung oder einer Defragmentierung der organischen Festplatte. Dauert höchstens noch fünf Jahre.

Wenn´s gut läuft.

Die liebe Verwandtschaft

Der meint das nicht so

Kennen Sie Heinz Beckers »Ich saans jo nur …?«, die stets gleichbleibende Erwiderung seines Sohnes Stefan »Jo, Vadder!«, und Hildes resigniertes »Ach, Heinz, des kansch doch so net …«

Möglicherweise ist Ihnen auch Knallinger´s »Ja, guten Tach, ich häb do mol ä Froog ...« nicht ganz unbekannt?

Dann kennen Sie möglicherweise auch Heiner. Wenn nicht, dann stellen Sie sich eine schräge Mischung der beiden vor und Sie haben ihn.

Knalliger war gestern, ebenso Gerd Dudenhöfer alias Heinz Becker. Denn jetzt kommt Heiner. Mein Vater, Großvater unserer Tochter und lebensnotwendiges Körperteil meiner Mutter.

Heiner ist der verbal zerstörende Faktor jeder Familienzusammenkunft und der Alptraum eines jeden Telefongespräches. Heiner ist nicht nur Brillen-, sondern auch Bedenkenträger und sieht überall die Saat des Bösen. Heiner ist der evolutionstechnisch gescheiterte Versuch, aus Knallinger und Dudenhöfer einen Mordsbrüller entstehen zu lassen.

Angefangen hat das Ganze vor ungefähr fünfzehn Jahren. Mein Freund - heutiger Ehemann -

und ich bezogen stolz unsere erste Wohnung, die sich zugegebenermaßen in einem katastrophalen Zustand befand.

Meine Eltern erklärten sich bereit, uns bei den umfangreichen Renovierungsarbeiten zu helfen. Damals freute ich mich noch über die segensreiche Hilfe. Mit dem heutigen Wissen allerdings würde ich eher meinen Jahresurlaub opfern, um die Bude auf Vordermann zu bringen, als meine Eltern zu bemühen.

Oder zwei Valium einwerfen.

Was waren wir stolz auf unsere erste Bleibe. Klein, marode, mit undichten Holzfenstern, modrigem Keller und poröser Badewanne. Aber unser. Wie schön.

Heiner schlich bei der Erstbesichtigung mit Mundschutz und Werkzeugkoffer im Anschlag durch jedes Zimmer, klopfte die Wände ab, rubbelte an den Aufputz-Rohren, wischte, trat, saugte und blies.

Meine Mutter Gerda folgte ihm wortlos mit bedeutungsschwerer Miene, gezücktem Stift und Notizblock.

Weise und erfahren grummelte Heiner wiederholt unter dem Rand seiner schwarzgeränderten Brille »Hm, Hm, ….Oh je …, Ach Gott näh.«, wobei er seine Augenbrauen abwechselnd hoch- und zusammenzog.

Ich warf einen irritierten Blick zu meiner Mutter. Was soll das?

Sie antwortete mit kundiger Mimik. Das macht der immer so. Müsstest du eigentlich wissen.

Wie sollte ich? Bekanntermaßen zog ich zum ersten Mal von zu Hause aus.

Dann kam der Moment, in dem ich die Worte vernahm, die mir bereits in den vergangenen Jahren wiederholt begegneten und nichts Gutes erahnen ließen.

»Horsche mol zu….!«, bedeutungsschwere Pause, »Wenn ich eisch mol´n guude Tipp gewwe derf.«

Heiner stand vor uns und hob mahnend seinen Zeigefinger. »Isch hädd des Net gemacht, mit dere Wohnung do. Also, des iss en Haufe Ärwet. Ihr wissd gar net, wasser eisch domit ohdut!«

Kopfschüttelnd wandte er sich ab, zog seinen Mundschutz herunter und murmelte scheinbar fassungslos so etwas wie »Was des koscht! Nä, nä..«

Unverzüglich wollte ich ein Stockwerk tiefer zum Vermieter stürzen, um den Mietvertrag rückgängig zu machen. Wie konnten wir nur so blind sein. Hätten wir doch vorher …, wenn wir doch eher meinen Vater gefragt hätten. Was sollten wir jetzt tun? Verschulden würden wir uns. Restlos.

Bis an unser Lebensende würde die poröse Badewanne des Nachts unsere Träume heimsuchen und vorwurfsvoll die Ein-Hebel-Mischgarnitur schwenken. Täglich würden wir uns bei Wasser und Brot gegenseitig anklagen. »Ach, hätten wir doch Heiner gefragt!«

Gerade wollte ich zum Sprung ansetzen, da riss

mich die leicht genervte Stimme meines Mannes jäh zurück.

»Mensch, Heiner!« Gleich darauf vernahm ich eine eher zurückhaltende Wortmeldung von Gerda. »Ach Heiner, komm. So schlimm ist das doch nicht.«

Bitte? So schlimm war es gar nicht? Mein gequälter Blick prallte an der maskulinen Präsenz meines Vaters ab, der unerwartet ausdruckslos den Mundschutz wieder hochzog, den Werkzeugkoffer absetzte, ihn öffnete und dabei nuschelte. »Isch mähn jo nur ...«

Gerda begann, Fenster zu putzen. Es kam mir zu dem Zeitpunkt nicht in den Sinn, sie zu fragen, warum sie das tat, wenn doch erst die Tapeten herunter mussten. Ich war jung und unwissend. Wahrscheinlich müssen Mütter das tun, sagte ich mir. Erst einmal Fenster putzen, dann sehen wir weiter.

Heiner war unterdessen dabei, irgendwo ein Loch hineinzubohren. Wahrscheinlich wollte er testen, ob das Fundament diesen Angriff aushalten oder sogleich alles zum Einsturz bringen würde.

Mein Mann pulte Tapeten ab, ich beschloss, die Situation nun auch für mich zu entschärfen und tat es ihm gleich. Bis, ja bis mein Vater auf mich zutrat und mir Schippe und Besen in die Hände drückte.

Wild fuchtelte er mit dem Zeigefinger in Richtung durchlöcherter Wand. »Do, mache mol Fraue-arbeit. Mach des mol weg do …« Gesagt, abgewandt und an anderer Stelle männlich qualifiziert weitergebohrt.

Da stand ich nun mit Schippe und Besen – ich Frau – und fing an zu hyperventilieren. Mein Freund ließ alle Tapetenreste aus seinen Händen fallen und hechtete auf mich zu. Er kannte mich schon verdammt gut. Gerda erstarrte mitten in ihrer schwungvollen Fensterpolieraktion und schaute blutleer zu mir herüber.

Doch es war zu spät. Der Schaum stand mir bereits in den Mundwinkeln, meine Hände zuckten unkontrolliert und die Schippe hielt sich panisch an meinem kleinen Finger fest.

»Sind wir hier in den 50er Jahren?«, bläffte ich barsch »Mach doch deinen Dreck selber weg!«

»Ganz ruhig.«Mein künftiger Mann nahm mich in den Arm, pulte mir vorsichtig den Besen aus den verkrampften Fingern und tätschelte mir den Rücken.

Gerda stellte sich schützend vor ihren Gatten, Vater ihrer einzigen Tochter, und versuchte, die Situation zu retten. Verlegenen Blickes und sichtlich peinlich berührt, sagte sie diesen Satz, den ich zur Genüge kannte.

»Der Heiner meint das doch nicht so.«

Manchmal, wenn mir langweilig ist, hole ich den Bohrhammer aus den dämmrigen Tiefen unseres moderigen Kellers hervor und bohre wahllos Löcher in Wände.

Macht irgendwie Spaß.

Telefonat des Grauens

Null Ahnung von Nichts, aber immer eine feste Meinung dazu. Dieser Satz beschreibt meinen Vater Heiner beunruhigend genau. Am Telefon käme er durchaus als Heinz Beckers Double in Frage. Das mag witzig sein, herzerfrischend, eine willkommene humoristische Einlage im tauben Alltagstrott. Außer, man ist mit ihm verwandt und gibt den zweijährigen Spross in die Obhut der Großeltern.

So geschehen vor einiger Zeit am Rande des lauschigen Odenwalds. Mein zauberhaftes und stets folgsames Töchterlein Ella verbrachte im einen Vormittag bei seinen Großeltern.

Ich nutzte die Zeit, um den nach Erledigung schreienden Dingen ein wenig mehr Beachtung zu schenken: In Ruhe frühstücken, den Garten umgraben, das Bad neu fliesen und einen Baum pflanzen.

Ich befand mich ausgesprochen entspannt bei Punkt 1 auf meiner Liste der unerledigten Dinge und dachte über Punkt 2 nach, als das Telefon klingelte.

»Äh, hallo, bischd du´s?«

»Ja, wer soll hier sonst sein?«

»Äh, ich bins, der Heiner!«

Als hätte ich das nicht erkannt.

Seine unverwechselbare Stimmfarbe, die Artikulation, das ..., ach, Sie wissen schon.

»Hallo Papa, was gibts?«

»Horche mol! Sidschd du gud?«

»Was, wieso? Warum sollte ich sitzen? Ist was passiert?«

Wie auf Kommando waberten Schreckensszenarien an meinem inneren Auge vorbei.

Oma vom Lastwagen überrollt. Ella an ihrer Hand. Du liebe Güte. Unfall. Krankenhaus. Lebensgefahr! Eine eiskalte Faust drückte mich brutal auf den nächsten Stuhl.

»Wo ist Mama? Wo ist Ella?«

»Ach, eijoh, die warn uffm Schpielblatz ...«

»Ja. JA. Und dann?«

»Und donn sind se noch ä Eis esse gonge. Beim Eis-Horscht. Kennschd de Eis-Horscht? Des is des beschte Eis, wo de krigge konscht!«

»Heiner. Wo sind sie jetzt?«

»Donn warn se im Supermarkt, aber ...«

»Im Supermarkt. Okay. Und dann?«

»Jo, aber jetzt, horche mol, ich muss der was sage.«

Mittlerweile lief mir der Angstschweiß in Bächen über die Augenbrauen direkt in die spontan angeschwollenen Tränensäcke. Ich konnte nur noch stammeln und meine zittrige Hand hielt nur mit Mühe das Telefon. Der Kloß in meinem Hals manifestierte sich in drei Buchstaben. »WAS?«

»Ich hab eich doch den Bohrhammer ausgeliehe

... Weischt, des ist eine Bohrmaschine mit Hammerfunktion.«

»Äh ..., ja?« Das Zittern ließ nach, meine Hand wurde ruhig, sehr ruhig. Bereit zu töten.

»Den breischt ich jetzt wieder ...«

»Den Bohrhammer ...«

»Jo.«

»Aha ...« Ich zerdrückte ein rohes Ei in meiner Faust und fühlte mich gut dabei.

»Ich hol den nochher ab, wonn ich die Ella häm bring, gell?«

»Ja ...« Die Kartoffel brachte mich an meine Grenzen, Tomaten eigneten sich allerdings hervorragend zum Zerquetschen.

»Und sunscht? Geht ders gut?«

»Ja, Heiner. Mir geht es gut. Ich richte den Bohrhammer.«

»Donkschä. Aller dann, bis nochher«

Ferienwohnung mit Licht

Es ist unvermeidlich. Drei- bis viermal im Jahr feiert irgendein Familienmitglied des ersten bis zweiten Verwandtschaftsgrades Geburtstag und man findet sich ein.

Die Lokalität wechselt dabei konstant. Mal ist es die Wohnung meiner Eltern, mal unsere, mal der Balkon meiner Eltern Gerda und Heiner oder unsere Terrasse. Gelegentlich darf es auch mal ein Restaurant sein. Allerdings nur, wenn das Restaurant bekannt, der Koch gut und meinem Vater ebenfalls bekannt ist. Meines Vaters Urteil bezüglich diverser Lokalitäten begründet sich grundsätzlich und in jedem Fall auf Preis, Nähe der Gaststätte sowie Größe und Konsistenz der Schnitzel und des Kochs. Bevorzugt sind Kegelbahnen mit Anschluss an die Gastronomie und Schützenvereine.

»Des schmeckt do fascht so gud wie bei de Gerda, sach ich. Un koschte duts beinoh nix. Do geh mer gern hi, gell Gerda«, pflegt Heiner zu loben, wenn es seinen Geschmack getroffen hatte, reichlich und günstig war.

Das Schicksal legte meinen diesjährigen Geburtstag auf einen Dienstag. Ich mag Dienstage. Nur nicht an meinem Geburtstag. Die obligatorische Einfindung meiner Eltern fand auf unserer Terrasse statt. Nachdem ich morgens meine Kollegen bereits mit reichlich Kuchen und Gebäck beglücken durfte, selbstgekauft versteht sich, denn von einer perfekten Hausfrau bin ich ungefähr so weit weg wie Papua Neuguinea von Toiletten mit fließend Wasser, schnitt ich am Nachmittag den frisch aufgetauten Käsekuchen an.

Bitte glauben Sie nun nicht, meine Eltern wären mir auch nur im Ansatz zuwider. Nein, im Gegenteil. Ich liebe sie, wie eine Tochter ihre Eltern nur lieben kann. Mit all ihren kleinen Fehlern und liebenswerten Macken, welche im Alter bisweilen unangenehm deutlich zutage treten können. Ich trenne sie nur strikt von meinem Freundeskreis, der an meinen Geburtstagen zu einem anderen Zeitpunkt geladen wird. Aus Kostengründen und um unerträgliche Gesprächsspitzen zu vermeiden.

Es klingelt. Der Hund öffnet die Tür. Das Kind stürzt hinterher. Mein Mann brüllt: »Deine Eltern sind da.«

Schnell lege ich noch Servietten neben die Teller und bearbeite den Käsekuchen mit den Fäusten. Wirkt authentischer. Dann sprinte ich ebenfalls zur Tür.

Es ist ein heiteres Willkommen. Küsschen links, Küsschen rechts. Die stets selbstlose Ella will wissen, ob Opa auch ihr Geschenke mitgebracht hat, während der Hund an Oma Gerda hochspringt und versucht, ihr die Lefzen zu lecken. Mein Mann hilft seinem Schwiegervater Heiner aus der Jacke. Bei Gerda hat das bereits der Hund erledigt. Ich krieche dazwischen und versuche, die eine Hand meiner Mutter zu ergattern, weil an der anderen meine

Tochter hängt und dabei ist, Oma in ihr Zimmer zu ziehen, um ihr die neue Bettwäsche zu zeigen.

Dieser altüberlieferte Tumult spielt sich auf ungefähr 1,5 qm Flur ab und der Hund findet meinen Vierfüßlerstand so ansprechend, dass er versucht, mich zu besteigen. Ein beherzter Brüller meines Mannes hält ihn jedoch vom Schlimmsten ab. Schließlich findet jedes Wangenküsschen seinen Platz, die Jacken hängen an der Garderobe, Geburtstagswünsche werden an mich übermittelt und das jährliche Geldgeschenk nebst Söhnlein Brillant wurde erfolgreich übergeben. Ella ist sauer, weil keiner ihre Bettwäsche bewundern will und der Hund sitzt mit Peniskrampf im Garten.

Ich seufze. Auch das geht vorüber.

»Der Kuche iss awer gud«, lobt mich Papa, »Hoscht den selwer gebagge?«

Mein Mann springt für mich in Bresche: »Schmeckt der wie gekauft, Heiner?«

»Ah nä, isch frog jo nur.«

»Noch Kaffee?«, lächele ich meine Mutter an.

»Nee Kind«, winkt sie ab, »du weißt doch, so spät am Nachmittag …, dann schlaf ich wieder nicht.«

»Die verträgt des nimmer, die Gerda. So is des, wemmer ald werd«, sinniert Heiner.

Gerda nickt bedeutungsschwer. »Na ja, man muss schon auf die Ernährung achten. Man weiß ja nicht, wie lange man noch lebt …«

Meine Tochter Ella verdreht die Augen und kaut Käsekuchen.

»Wie war denn euer Urlaub?« Mein Mann wechselt galant das Thema. Ich habe einen guten Ehemann. Er erspürt negative Schwingungen sofort und steuert dagegen. Ich steuere immer direkt drauf zu. Wir ergänzen uns. Aber ich schweife ab …

Unwissentlich gibt er damit den Startschuss für einen von Heiners gefürchteten Monologen. Mein Vater richtet sich auf, holt Luft und langsam, ganz langsam schraubt sich sein Zeigefinger in Position.

»Mama?« Mit messerscharfer Beobachtungsgabe gesegnet erkennt mein cleveres Kind die Situation auf Anhieb und versucht, sich zu retten. »Darf ich raus spielen? Ich bin satt.«

»Klar«, sage ich neidvoll und entlasse sie mit einem huldvollen Wink in die Freiheit.

»Also des häds bei uns frieher net gewwe«, entrüstet sich Heiner und sein Zeigefinger zuckt wie der Stab eines Dirigenten. »Mir häwwe am Tisch sitze bleiwe misse, bis …«

»Wo wart ihr in Urlaub?« Mein Mann beugt sich nach vorne und blickt meinen Vater interessiert an. Wie macht er das nur? Ich lehne mich zurück, schaue alles andere als begeistert und atme tief. Das soll helfen, habe ich in einer Frauenzeitschrift gelesen. Tief ins Chakra atmen. Da ich nicht weiß, welches von den sieben Hauptchakren genau gemeint ist und wo es sich befindet, suche ich es im Käsekuchen. Gleichmäßiges Kauen beruhigt ebenfalls, stelle ich fest.

»Ja, wo war mer in Urlaub?«, kläfft mein Vater ungläubig, »Do wo mer immer sin!«

Besänftigend schiebt sich meine Mutter dazwischen: »Ach Heiner, loss doch«, und zu uns gewandt, »Beim Häuserwirt im Schwarzwald. Ihr wisst doch, der mit der nur einen Ferienwohnung.«

Wir nicken eifrig und haben nicht den Hauch einer Ahnung.

Heiner schlägt begeistert mit der Hand auf den Tisch: »Also des iss ä super Wohnung!« Kurze Pause. »Awwer pass uff! Die derfter net in Fäsbuck oder im Internet oder so zeige, gell. Sunschd griehe mer die vielleicht nimmer, wenn die donn jeder will.« Er schiebt eine weitere, dieses Mal jedoch mahnende Pause ein. Das Gewicht der Worte soll sich setzen.

»Die hot alles, die Wohnung. Ä Kisch mit Gscherrspielmaschien un e riese Schlofzimmer mit äm riese Bett. Jo, allerdings ...« Heiner taxiert meinen Mann mit kritischem Blick. »Fer disch könnte es a bissl eng werden, so um do so uff die Seit ans Bett zu kumme, mit deiner Größ und deiner Breite …«

»Wie? Ich bin doch nicht breit?« Mein Mann ist sichtlich belustigt. Ich bin peinlich berührt und rühre meinen Kaffee um. Das mache ich bereits seit mehreren Minuten. Wieso eigentlich?

»Ja nä, ich mähn doch so vom Zugang zum Bett her und so. Ist ein bissl eng, aber mir reicht des.«

»Achso…«, allgemeines Nicken. Nur nicht näher drauf eingehen.

Heiner fährt fort mit seiner Lobeshymne auf das

Traumdomizil: »Ach, un des Wohnzimmer. So ein großes Wohnzimmer. Net altmodisch. Eher …, modern. Und ein Leddersofa, also Kunschdledder. So ä großes Ums-Eck-Sofa. Gemütlich und …«

»Ach, und das Licht«, schwärmt meine Mutter dazwischen, »Wenn man da das Licht anmacht, das ist ja so gemütlich, so gemütlich. Da kann man abends sitzen … Ach, so gemütlich.«

Heiner reißt den Arm hoch, wedelt mit dem Zeigefinger und pflichtet ihr begeistert bei. »Die Terrass, die Terrass. So schee. Wonn du do drausse hogscht …«

»Ja, so gemütlich, gell? Und das Licht ...« Mutters Augen glänzen.

»Möchte jemand ein Bier?«, fragt mein Mann. Ich nicke benommen. Eigentlich trinke ich kein Bier.

»Des is so schee, wonn du do hogscht. Gut, ja, die Aussicht is net so toll, weil do de Parkplatz direkt vor de Terass liegt¸ aber …«

»… das Licht. So gemütlich«, ergänzt Mama.

Prost, ein Bier aufs Licht!

Heiner nippt am dritten Bier, schüttelt den Kopf, als könne er es kaum fassen. »Also, die Wohnung …, so was Gudes.«

»Und das Licht!«

»In de Kisch steht´n riese Tisch. Do konscht dro sitze.« Heiner wackelt mit dem Kopf. »Un die Leit, die am Fenschter vorbei laufe, die störe net.«

Gerda nickt zustimmend, ihr Blick ist nach innen gerichtet. Sie weilt sicher im Schwarzwald, beim Licht.

»Wisst ihr, die Wohnung liegt im Suttereng, do kenne die Leit net so nei gucke, wonn se vorbeilaafe. Auch net ins Schlofzimmer. Awwer mer sinn echte Friehuffsteher, gell Gerda?«

Frühaufsteher? Wer? Habe ich etwas verpasst? Kurz eingenickt?

»Wieso Frühaufsteher?«, frage ich perplex.

»Ah, weil mer donn de Briefträger net hören.«

Nun ist auch mein weiser, stets jeder Situation gewachsener Mann irritiert: »Briefträger?«

»Ja, weil doch die Briefkäschde direkt am Schlofzimmer sin. So vun ausse. Verschdehscht?«

Gerda lächelt erhaben. »Ja, wenn der Briefträger morgens um sechs Uhr die Briefe einwirft, dann sind wir ja schon lange wach.«

»De friehe Vogel, …kennt er doch, des Sprichword, gell?«

Müde lächle ich meinen Vater an. Was will ich eigentlich? Andere zahlen für so was Eintritt. Scheiß aufs Glas. Ich trinke das Bier jetzt aus der Flasche.

»Und das Licht, so gemütlich!«

Prost.

Ausgerechnet Ägypten

Wie jedes Jahr befanden wir uns in einem Zustand äußerster Überarbeitung und unser nächstes Reiseziel sollte die ersehnte Entspannung bringen. Die Entscheidung fiel schnell. Nach Ägypten würde es uns führen, in das Land der Pyramiden, Pharaonen und Tempelanlagen.

Ägypten. Das Klima, die gut erhaltenen Bauwerke, Sonne pur bei geringer Luftfeuchtigkeit, darüber hinaus faszinierende Unterwasserwelten und ... Delfine.

Unser Traumland rückte in greifbare Nähe. Zudem nun Ella, unser wohlgeratener Spross, dem Hanni-und-Nanni-Alter entsprungen, und reif für weitere Herausforderungen zu sein schien. Ebenso wie ihre reisehungrigen Eltern brannte sie darauf, auf Pyramiden zu klettern, mit Delfinen zu schnorcheln und Nemo zu sehen.

Beschlossen, gebucht. Jetzt musste es nur noch verkündet werden. Und zwar meinen Eltern. Hunde-, und Homesitter während unserer Abwesenheit.

Mutter Gerda ließ sich diese Gelegenheit nicht entgehen, uns opulent zu bekochen. Geschnetzeltes mit Gurkensalat.

»Ach Gott«, piepste sie und griff sich an die Brust, »Ägypten? Ausgerechnet Ägypten?«

Ohne Rücksicht auf Oma jubelte unser wohlgeratener Spross los: »Ja, Oma! Ist das nicht toll? Ich darf die Pyramiden sehen. Ich darf die Pyramiden sehen.«

Meines Vaters Miene verfinsterte sich. Langsam, sehr langsam hob er seinen Zeigefinger und blickte uns an. Aus seinem Blick sprangen uns geballte Erfahrung und Weitsicht entgegen. Nur noch das eintönige Ticken der Kuckucksuhr war zu hören. Ella erstarrte mitten im Freudensprung und die Soße auf Mutters Schöpfkelle gefror schlagartig. Wir hielten die Luft an.

»Ach Gott, nä«, grollte Heiner bedeutungsschwer, »Jetzt a noch Ägypten! Ihr wisst, wasser eisch domit andut.«

Mein stets diplomatischer Mann rollte die Augen und nahm sich scheinbar ungerührt einen Knödel. Ich zog Ella an den Tisch und gab ihr zu verstehen, jetzt besser leise zu sein. Alles würde gut.

»Was tun wir uns denn an, Papa?«, wollte ich wissen. Dabei verzog ich meine Lippen zu einem Lächeln, kaute, nickte und lächelte, kaute und nickte.

Mein Vater blickte uns der Reihe nach an und hob den Finger noch etwas höher. Das sollte uns klarmachen: ungeteilte Aufmerksamkeit bitte!

»Mein Kolleesch ...«, begann er. Dabei bewegte sich sein Zeigefinger mahnend auf meine Nasenspitze zu und wippte vor und zurück, bevor sich Heiner schließlich zurücklehnte und die Arme verschränkte.

Ist es erwähnenswert, dass mein Vater bereits seit sechs Jahren ein entspanntes Rentnerdasein führt und in etwa genau so lange keine Kollegen mehr hat? Egal.

»Mein Kolleesch war mol in Egippde..., des iss schun ganz long her. Der is HEIT noch kronk! Der werd net mehr gsund! HEUTE is der noch kronk, sach ich eisch! Habter gehert? HEIT noch kronk!«

Bei jedem Heit zuckte sein Zeigefinger zwischen uns hin und her.

Ella schaute mich irritiert an. Ich zwinkerte ihr beruhigend zu.

Der Opa meint das nicht so. Alles wird gut.

Mein stets ausgeglichener Mann beschloss, die Situation aufzulockern und fragte meine Mutter, ob er ein Glas Wein haben könne.

»Eijo, Trink nur, Borsch. Solong de noch konscht. Wenner mol in Eggypde wart, donn geht des vielleischd nimmer!«

»Jetzt hör aber auf, Papa!«, wetterte ich.

Genug gekaut, gelächelt und genickt. Schwarzmaler, kleinkarierter.

»Glabschd mer net? Frog die Gerda. Die Fra vun dem iss sogar wochelong im Kronkehaus gwese. Wonn ich ders saag.«

Meine Mutter nickte mit zusammengekniffen Lippen und stellte eine Flasche Wein auf den Tisch. »Ja, aber war die Frau wegen Ägypten im Krankenhaus, Heiner? Ich dachte, das wäre wegen…«

»Wonn ichs sag! Glei nochm Urlaub. Die hot Gschisse und Gekotzt als gäbs ke Morge mehr. An de Tropf hot se misse. An de Tropf! Un mir hän net gwisst, ob se nochemol rauskummt. Schlimm war des. Gonz schlimm. Nä nä.«

»Mama? Darf ich aufstehen? Ich habe keinen Hunger mehr.« Meine leichenblasse Tochter zupfte mich am Ärmel. Ich schickte sie mit einer DVD in mein ehemaliges Kinderzimmer.

Inhalt: »Tod auf dem Nil.« Agatha Christi.

»Hach Kinder, könnt ihr nicht woanders Urlaub machen?«, meldete sich meine Mutter weinerlich zu Wort.

»Loss es, Gerda«, winkte Heiner verächtlich ab, »denen konscht nix sage. Die häre net uff uns.«

Dann wandte er sich an mich und fuchtelte mit der Gabel vor meinem Gesicht herum. »Awwer wonn er kronk seid, kummt bloß net zu uns!«

Mein stets unaufgeregter Mann stellte sein Glas lautstark auf dem Tisch ab. »Heiner! Wir denken, dass wir erwachsen genug sind, um so etwas abwägen zu können.«

»Isch mähn jo nur…«, nuschelte mein Vater.

»Ja«, pflichtete Gerda bei, »Der Heiner meint das nicht so.«

Doch, dachte ich, der meint das genau so. Genauso meint der das!

»Warum geht ihr denn net an die Ostsee? Do isses doch so schee. Des konscht doch nur noch mit de Karibik vergleiche«, lenkte Heiner ein.

»Warst du schon einmal in der Karibik?«, fragte ich nach.

»Ah nä, ich denk mer des halt so. Oder, Gerda?«

Meine Mutter nickte kampflos. »Ja, aber …, ach Gott! Ausgerechnet Ägypten!«

Dialog normal

Vater: Also, als wir letztes Jahr in Tirol waren, da ...
Mutter: Heiner, wir waren in Zell am See!
Vater: Als wir also letztes Jahr in Zell am See oben an diesem Bergsee standen, da ...
Mutter: Heiner, wir waren nicht oben. Wir standen unten am See!
Vater: Als wir also dann in Zell unten am See standen, da war der Hund grün vom ...
Mutter: Also Heiner, das war ja ganz woanders. Das war am Titisee. Also wirklich, du wirst alt!
Vater: Als wir also letztes Jahr am Titisee standen, da ...
Mutter: Wir waren in Zell!
Vater: Aber nicht am Bergsee
Mutter: Nein!
Vater: Und wo war der Hund dann, als er in diese Algen sprang?
Mutter: Am Titisee! Herrje!
Vater: Aber wir waren doch in Zell!
Ich: Wart ihr nicht letztes Jahr in der Schweiz?
Vater und Mutter: ach ja. Stimmt.

Ein ganz normales Familienzusammentreffen

Tierisches

Nicht ohne meine Socke

Lieben Sie Spaziergänge im Regen? Nein? Ich auch nicht.

Das ist normal, so geht es Vielen. Spaziergänge im Regen, insbesondere bei Dauerregen, können bisweilen recht feucht werden. Das Wetter ist ein fieser Verräter. Hundebesitzer wissen, wovon ich rede.

Solange ich im Büro kreativ sein und mich ablenken kann, stört mich das Geprassel am Bürofenster nur unterschwellig. Der kommende Gassigang wird erfolgreich verdrängt. So schiebe ich mein knappes Zeitfenster gedanklich weiter auf und hoffe auf besseres Wetter.

Nach Feierabend bleiben mir leidliche zehn Minuten Zeit, mich elfengleich ins Auto zu wuchten und nach Hause zu rasen. Dort angekommen springe ich in die Könnendreckigwerdenweilsieschondreckigsind-Jeans. Mein vierbeiniger und ohne mich völliger hilfloser Freund Socke wartet bereits mit zusammengepressten Hinterbeinen und vorwurfsvollem Hundeblick an der Tür.

Draußen regnet es in Strömen und ich kann mir nichts Belebenderes vorstellen, als eine Stunde im Sturzregen über matschige Feldwege zu schlurfen.

Wer zum Henker wollte einen Hund? Ich!

Die den Hundebesitzern schmackhaft servierte künftige Bewegungsfreude stellt sich wie versprochen und ausschließlich bei schönem Wetter ein. Bei Dauerregen schlägt es in Bewegungsnötigung um.

Bei der Rückkehr stelle ich fest: Das Hundetrockenrubbel-Tuch ist noch vom morgendlichen Gassigang meines besten Ehemannes von allen klitschnass.

Egal, dieses Mal tut es das noch und der Rest vom Feld fällt sowieso im Laufe des Tages in der Wohnung ab.

Also rubbele ich das Fell, unter dem sich eine Unterwolle verbirgt, in der ein Zwergenstaat hausen könnte, so gut, wie es eben geht, trocken. Das heißt, der Matsch vom Acker reibt sich gleichmäßig in das nasse Fell und ich bilde mir nur ein, es wäre halbwegs frei von Schmutz.

Dann schäle ich mich aus den nassen Jeans, stelle die Gummistiefel in die Tropfschale und werfe ein tränendes Auge auf meine Joggingschuhe. Socke bekommt ein getrocknetes Schweineohr, weil er so schön Gassi im Regen war.

Im Folgenden genehmige ich mir eine Tafel Schokolade, mit Nüssen und Rum. Weil auch ich so schön Gassi im Regen war.

Es gibt kein schlechtes Wetter, es gibt nur schlechte Kleidung. Recht haben Sie, die ewig Schlauen und Regendauerläufer. Aber ich gehöre definitiv nicht dazu. Auch gute Kleidung wird dreckig und nass und muss gewaschen werden. Gute Kleidung darf man nicht mal in den Trockner geben. Ich bin kein Pessimist, nur ein bisschen unter permanentem Zeitdruck.

Und darüber hinaus ist die Frisur im Eimer.

Das hätte mir mal einer früher sagen sollen. Ein Hund ist nicht nur Dutzidutzi, ach guck mal, wie süß der gucken kann. Der beste Freund des Menschen ändert sein Leben von Grund auf. Im positiven wie auch im negativen Sinne.

Seit Socke ticken bei uns die Uhren anders.

Der Hund muss raus, komme, was wolle. Keine Lust, schlechtes Wetter, Schneesturm, Hagel, gebrochenes Bein oder Menstruationsweltschmerz.

Egal.

Meine Güte! Vorhin waren es noch Profits and Lost, kurz darauf Matsch und Pfützen. Was sind wir berufstätige Mütter doch für Allrounder. Tausendsassas, Alleskönner, eierlegende Wollmilchsäue, stets flexibel und einsatzbereit, nie krank. Und wenn doch, dann wird dieser unliebsame Zwischenfall auf Termin zwischen Elternabend und Anpassen der Zahnspange gelegt. Natürlich erst nach dem Büro, dem Gassigang, dem Mittagessen und nach dem täglichen Hausaufgabenterror, das heißt, wenn dann noch Zeit bleibt.

Also eigentlich nie.

Mütter sind nur während des Schlafens krank und da schlafen sie sich gesund.

Wie dem auch sei: Wir lieben Socke. Ohne ihn würde etwas fehlen. Wie zum Beispiel die nie versiegende Flut von Hundehaaren, die ganzjährig aus dem Hund fallen oder bandwurmähnliche Sabberfäden, die sich beim Schütteln auf Wänden, Heizkörpern und Kleidungsstücken verteilen.

Diese Dinge nehme ich je nach Hormonzustand mehr oder weniger gelassen hin.

Und es berührt mein Herz, zu sehen, wie Socke sich freut und im Kreis wedelt, wenn ich zurückkehre, nachdem ich nur kurz den Müll raus gebracht habe.

Gemeinsam erkunden wir unbekannte Wege im Odenwald und im Winter zieht er unsere Tochter mit dem Bob über schneebedeckte Wege. Socke ist ein fester Bestandteil unserer Familie, Joggingpartner, Freund, Clown und Beschützer. Socke ist nicht mehr wegzudenken. Und nach einem Spaziergang im Dauerregen denke ich mir: Ohne Socke wäre ich bei dem Sauwetter garantiert nicht raus gegangen. Was soll ich sagen? Auch ein Spaziergang im Regen hat was.

Danke, Socke.

Das Elend am anderen Ende der Leine

Hin und wieder treffe ich sie auf dem Feld, die Hundehalter der anderen Art. Jedes Mal von Neuem stellt sich mir die Frage: Soll ich drüber lächeln oder dem bemühten Menschen die Leine aus der Hand nehmen? Letzteres wäre vermutlich das Sinnvollste. In jedem Fall gehört mein Mitleid dem Tier.

Schon von Weitem sah ich eine Frau mit einem schwarzen Hund. Das Tier schien freundlich gesinnt, machte Anstalten, meinen Hund begrüßen zu wollen. Es wedelte und blickte uns aus gutmütigen Kulleraugen neugierig entgegen.

Bis ein Ruck an der Leine ihn schroff aus der Gefahrenzone riss. Ich blickte mich um. Keiner da. Demnach mussten wir die Übeltäter sein. Wie konnte ich auch mit einem mehr als kniehohen Hund ohne Leine auf einsamen Feldwegen laufen.

Die zierliche Person am anderen Ende der Leine stieß einen spitzen Schrei aus, zog das verwirrte Tier hektisch ins Kornfeld, und schleuderte gehetzte, ja beinahe zornige Blicke in meine Richtung. Mitten im Feld duckte sie sich und ich sah nur noch sich bewegende Getreidebüschel. Wahrscheinlich gedachte sie, im Schutz der Halme zitternd zu verharren, bis das der Hölle entsprungene Wesen vorbei wäre.

Damit meinte sie nicht mich, sondern Socke, meinen Deeskalationshund. Socke, der stets sanftmütig und erfreut wedelnde Huskymix, der tief in seinem Herzen glaubt, ein Schoßhündchen zu sein und jedes Lebewesen liebt. Sogar Katzen.

Also blieb ich am Kornfeld stehen und rief in die raschelnden Halme hinein, was denn genau ihr Problem wäre. In der Zwischenzeit hatte mein harmoniebedürftiger Gefährte am Rand des Feldes Platz genommen, legte den Kopf schief und war ebenso gespannt wie ich, was passieren würde. Gute Idee. Ich setzte mich ebenfalls. Gemeinsam mit Socke starrte ich Richtung verschwundener Frau. Wo war sie gleich nochmal? Ah, da.

»Mein Hund!«, kreischte es sich überschlagend heraus, »Er hat Angst vor anderen Hunden. Vor anderen großen Hunden!«

Selbst nach vielen aufmunternden Worten war die Dame nicht aus dem Feld zu bewegen. Das Tier dieser Lady allerdings schien emsig damit beschäftigt, sein Frauchen lautstark zu beschützen, da diese den Eindruck erweckte, große Gefahr lauere auf dem Weg vor ihnen. Ich beschloss, das arme Tier im Kornfeld zu erlösen, erhob mich und ging kopfschüttelnd meiner Wege. Ich hätte schwören können, auch Socke hatte den Kopf geschüttelt und lautstark geseufzt.

Nun, derlei Begebenheiten tragen sich in verschiedensten Ausprägungen des Öfteren zu. Dies brachte mich darauf, einige Hundehaltertypen aufzuführen:

Der Könner

Der Könner leint seinen Hund an, wenn ihm ängstliche Menschen, Radfahrer, kleine Kinder oder andere angeleinte Hunde entgegenkommen. Sein Tier lässt sich jederzeit abrufen und wird sich an kritischen Stellen niemals außerhalb einer bestimmten Reichweite zum Könner befinden. Der Könner ist das Leittier. Der Hund hat Vertrauen und fühlt sich sicher geführt.

Der Angstkläffer

Hier ist nicht der Hund gemeint, sondern der Halter. Sieht er andere Hunde, leint er sein fröhlich wedelndes Tier hektisch an, zieht die Schultern hoch und zischt fortlaufend: »Fuß! Fuß!«

Dabei wirft er dem Entgegenkommenden keinen Blick zu, weil er damit beschäftigt, die Leine kurz zu halten, ohne das Tier zu strangulieren. Alternativ dient ein Korn- oder Maisfeld als Rückzugsort.

Irgendwann wedelt das Tier niemandem mehr freundlich zu und der Angstkläffer wird bestätigt. Sag ich doch. »Fuß!«

Der Bagatellisierer

Dieser Typus ist gefährlich. Er glaubt an seinen Hund. In erster Linie aber an sich selbst. Denn er hat stets alles im Griff. Auch den Hund. Vermutet er, ist sich aber nicht sicher. Natürlich würde er das niemals zugeben.

Aus diesem Grund trägt der Hund ein Würge- oder ein Nietenhalsband. Das sieht nicht nur imposant aus, das zeigt auch, dass die Bestie nur ihm gehorcht. Jederzeit. Versteht sich.

Der Bagatellisierer läuft betont lässig und beruhigt sich selbst und jeden anderen Hundehalter mit den Worten »Der tut nix« oder »Keine Sorge. Alles in Ordnung«.

Selbst auf fünfzig Meter Entfernung.

Bei dieser Gelegenheit fragt man sich, ob der Typ die aufgestellten Nackenhaare seiner tickenden Zeitbombe absichtlich herunterspielt oder erfolgreich ausblendet.

Im Zweifelsfall war der andere Hund schuld. Klar, oder? Seiner tut ja nix. Hat er noch nie, und überhaupt, das war das erste Mal. Sonst hat er ihn total im Griff.

Der Protzer

Sein Statussymbol ist sein Hund und seine Macht über ihn. Die imaginären Rasierklingen unter den Achseln lassen gerade noch das verkrampfte Halten der kurzen Leine zu. Das Tier läuft permanent und akkurat »Bei Fuß« und kann sich glücklich schätzen, wenn die Vorderpfoten gerade noch eben den Boden berühren. Das macht den Protzer stolz, hebt sein Selbstbewusstsein und sein Kinn.

Der Unsichere

Das Tier läuft an einer Schlepp- oder Flexileine.

Trifft der Unsichere andere Hundehalter, freut er sich, vornehmlich für sein Tier und auf das zu erwartende Sozialtraining.

Dabei wickeln sich diese dünnen Leinen, mit denen man problemlos einen Braunbären für die Ewigkeit an einen Baum binden könnte, um die Beine der Halter und Hunde. Der Unsichere murmelt freundliche Entschuldigungen, während er emsig damit beschäftigt ist, den Leinenwirrwarr aufzulösen, indem er um seinen Hund herum läuft, sich unter den Schnüren hindurch windet, um schließlich erschöpft seiner Feldwege zu ziehen.

Der Praktische

Er ist schon von Weitem zu hören, denn er hat alles, was der Hundehalter von heute benötigt.

Trillerpfeife, Klicker, Rascheldose und Leckerlitüten. Der Scheißbeutel klebt an der Hüfttasche direkt neben der Zeckenzange und zum unerlässlichen Erste-Hilfe-Set gehören unbedingt Sprühdesinfektion, Furminator, Krallenklipser genauso wie ein auffaltbarer Wasserbehälter, Wasserflasche und Feuchttücher. Man kann ja nie wissen.

Der Unterwürfige

Er läuft gerne hinter dem Hund. Die Leine ist gestrafft, ebenso wie der Arm des Unterwürfigen, weil die unerzogene Töle seinen Menschen überall dort hinzieht, wohin es ihr beliebt. Der Unterwürfige hingegen blubbert das Tier voll mit Androhungen über Entzug von Leckerchen und Wiederholungen: »Hier jetzt«, »Kommst du wohl!«, »Ich sag es dir nicht noch einmal, …!«, »Fuß«, »Bleib!« und »Jetzt aber …!«

Garantiert selbst beobachtet, definitiv nicht ernst gemeint und mit Sicherheit unvollständig.

Die Einen treten in Fettnäpfe, die anderen haben Schwein. Wie zum Beispiel die Chinesen. Aber ich greife vor.

Ich bin verzweifelt auf der Suche nach Schweineohren. Getrocknet. Schön fettig und crunchy. So, und nur so liebt Socke sein tägliches Öhrchen.

Seit einigen Wochen jedoch erglänzt Tag für Tag still ein Tränchen im treuen Hundeauge. Immer dann, wenn ich ihm ein Stück getrocknete Schweinkopfhaut hinhalte.

Eklig? Widerlich? Nicht für Socke. Nur zu klein. Ein gerade mal daumengroßes Müffelteil ist ein schäbiger Ersatz für monströse, knackige und lecker stinkende Schweineohren.

Gebrochen blickt er mich an und nagt lustlos auf dem dargebotenen Ersatzstück herum.

Dass er mir dies unverschämt teure Abfallprodukt, für welches andere Hunde töten würden, nicht in Gesicht spuckt, ist allein seiner guten Erziehung zu verdanken.

Unermüdlich pilgere ich von einer Tiernahrungshandlung zur nächsten. Von einem Baumarkt zum anderen. Ich erpresse, bettle, beschwöre, drohe und feilsche. Es hilft alles nichts. Die XL-Packung Schweineohren für garantiert stundenlangen Kauspaß gibt allenfalls taubeneigroße Teilstücke der Ohrmuschel her. Mit viel Hingabe und Mut zur

Lücke ergäbe es sicherlich ein nettes Puzzle. Meine Tochter weigert sich jedoch.

Socke begutachtet verächtlich diese Endverbraucherverarsche, atmet kurz ein und das erste Ohrmuschelfetzchen ist Geschichte.

Wo sind die Schweineohren hin? Wo sind sie geblieben?

Ich sag´s euch. Bei den Chinesen. Eigentlich mag ich China. Das Land des Willkommens und der Toleranz. Schweineohren gelten dort als Delikatesse. Das geht sogar so weit, dass scheinbar clevere Händler versuchen, die leckeren Öhrchen mit einer Mischung aus Gelatine und Seifenzusatz zu fälschen. Der Wohlstand steigt und jetzt wollen sie Fleisch. Mehr Fleisch, als sie produzieren können. Sehnig, knorplig, fettig und kauintensiv

Die Welt hatte hierüber berichtet mit einem Artikel über Chinas Lust auf Schweineohren. Das können Sie jederzeit im World Wide Web nachschlagen, falls Ihnen der Sinn nach dem Geheimnis des Schatzes der verlorenen Kaufreude steht.

Und Socke? Sein Flehen und Darben bricht mir das Herz. Ich träume des nächtens von Filmklassikern wie *Vom Inder verschmäht, Jenseits von China* und *Schwein oder Nichtschwein*.

Die nette Verkäuferin vom Baumarkt versprach mir auf die Bibel, die nächste Lieferung von Schweineohren auf Größe und Konsistenz der in den Tüten befindlichen Brocken zu prüfen. Mein stets redlicher und bester Ehemann von allen merkt beiläufig an, meine fauchende Drohung und der feste Griff meiner Hände um ihren Hals wären bei dem Schwur behilflich gewesen. Ich behaupte, der Anblick eines dargebotenen Geldscheines beliebiger Höhe kann Wunder bewirken. Nun, ich erinnere mich an solche Kleinigkeiten nicht mehr.

Wie dem auch sei, sie versprach mir, bei dem Fund eines oder mehrerer ganzen Ohren in einer Packung, wird sie mich umgehend, noch vor allen anderen auf der Warteliste stehenden, informieren.

Socke leckte zum Dank ihre Hand.

Wer kann diesen Hundeaugen schon widerstehen?

Skurriles

Ruchloses Volk!

Ich war unterwegs nach Weibersbrunn, als wir an Ortschaften mit eigenwilligen Namen wie Mainaschaff und Waldaschaff vorbei kamen und ich stellte mir folgende schwerwiegende Frage: warum?

Warum gab es Städte wie Luschendorf, Hassloch, Billigheim, Rödelshausen, Linsengericht oder Schimmeldewog?

Wo haben solche Ansiedlungsbezeichnungen ihren Ursprung? Für Weinheim beispielsweise ist das recht einfach. Der Name entspringt nicht dem Wein, sondern einem Franken namens Wino. Wino schlug als Erster seine Heimstatt auf, segnete die Erde und verkündete stolz: »Ich taufe dich auf Winos Heim.«

Das war es schon. So einfach kann es sein.

Ist Aschaffenburg ähnlich zu behandeln? Überlieferungen berichten zwar, es wären der Fischer und seine Frau als Namensgeber bekannt, die vom Fisch letztendlich dann doch verstoßen wurden, weil die alte Schabracke einfach keine Ruhe gab. Das konnte jedoch bislang faktisch nicht belegt werden und ist höchstwahrscheinlich pure Erfindung.

Wahrscheinlicher ist dies:

Es errichtete vor langer, unendlich langer Zeit ein einzelner fleißiger Mann eine Burg. Nach menschlicher Voraussicht wollte er seinem Weib imponieren.

Da kam ein Wandersmann daher und fragte: »Was machst du da?«

»A schaffe!«, lautete die einsilbige Antwort des Strebsamen, was so viel bedeutet wie: Sehen Sie das nicht? Ich arbeite.

»Und was?«

»Burg«, nuschelte dieser zurück und arbeitete emsig weiter.

»Ah, schaffen Burg«, rekapitulierte der weise Wanderer. Er ließ sich ein paar Hundert Meter neben dem Burgbauern nieder und baute ein Haus. Nach einer gewissen Zeit kam ein weiterer Mann hinzu. Und so weiter und so weiter.

Zu diesem Zeitpunkt entstand A-schaffen-burg.

Doch zu einer Zeit beschwerte sich ein wohlhabender Großindustrieller, dass um in herum zu viele Aschaffenburger wären. Er wolle sein eigenes Aschaffenburg, basta. Also trat er auf den Acker am Rande der Stadt, bestückte jeweils eine Ecke seines abgesteckten Terrains mit einem Bierkasten und rammte schließlich eine Fahne mit der Aufschrift Mainaschaffe in den Boden. So kam Aschaffenburg zu dem Vorort Mainaschaff.

Doch kann der Frömmste nicht in Frieden leben, wenn es dem Nachbarn nicht gefällt. Diesmal war es jedoch ein rechtschaffener Arbeiter, der einen Anspruch erhob. Wenn es ein Mainaschaff gäbe, müsse auch ein Deinaschaff ins Leben gerufen werden. Das wäre nur recht und billig.

Der Stadtrat schmetterte den Antrag kommentarlos ab. Es gab momentan Wichtigeres.

Am Ortsrand wurde just fieberhaft über der Planung einer anderen Stätte gebrütet: Schweinheim.

Und das kam so.

Den Frauen der Stadträte war die Umtriebigkeit ihrer Gatten in diversen Etablissements ein arger Dorn im Auge. Drum schufen sie schließlich Kraft ihres Willens und der Demut ihrer Männer den Ort Schweinheim. Schlussendlich besaß der Ort nicht mehr als ein Bordell und einen Aldi, damit die Männer auf dem Hinweg das Leergut mitnehmen konnten.

Doch irgendwann war den Ehefrauen der Ort zu nah an ihrem trauten Heim. So entstand nach kurzer Zeit ein Dorf mit Namen Gailbach. Dem Unmut nicht genug empfand des Fischers Frau diese Entfernung ebenfalls als viel zu nah. Ruchloses Volk, Sittenverfall, Moralmodrigkeit! Was sollen die Nachbarn sagen?

Also schickte man die Gunstgewerblerinnen nach Weiberhof. Von dort aus durchquerten sie unter Qualen den Frauengrund, um schließlich zum Wald zu gelangen, damit sie künftig von dort anschaffen konnten.

Wir rekapitulieren: Einige Namen weisen gemeinsame Ursprünge auf, meist ein Gemisch aus alten Sprachen, welche noch in unserem heutigen Sprachgebrauch anzutreffen sind. Entweder beziehen sie sich auf Eigenschaften, Herkunft oder Taten.

Entstanden auf diese Art und Weise die Namen der heutigen, durchaus beschaulichen Städtchen Aschaffenburg nebst Vororten?

Wahrscheinlich nicht.

Guten Tag.

Das Eva-Prinzip

War Aldi maßgeblich an der Schöpfungsgeschichte beteiligt oder kam das später?

Ein mir entfernt bekanntes Wesen männlichen Ursprungs kam vor einiger Zeit in einem Gespräch vom aldieigenen Brotbackautomaten direkt auf die Apfelsünde. Sogar das EVA-Prinzip diente ihm im weiteren Verlauf dieser skurrilen Unterhaltung als Grundlage für die Schuld, die auf uns Frauen lastet.

Dies könnte so einige tiefenpsychologische Erwähnungen finden und legt den Verdacht nahe, dass der Mann nicht nur eine ausgereifte Klatsche hat, sondern am Anfang der Flaschenautomat war. Alles andere ist Plastik mit Hirn, und ich habe beschlossen, Hugo nicht zu mögen. Aber ich schweife ab.

Lassen Sie mich erklären, die Schöpfungsgeschichte wird in keinster Weise angezweifelt. Nur der Umstand, ob und wie Adam zum Apfel kam, ist doch sehr umstritten.

Klarstellend muss gesagt werden, dass Adam, als er mit dem Benennen der Tiere fertig war, noch einen Moment bei den Bonobos verweilte. Es faszinierte ihn sehr, was diese menschenähnliche Tiere trieben. Es war etwas, was man heute sexuelle Interaktion nennt. In Adam pochte spontan eine sich keimhaft infizierende Lust. Natürlich probierte er dies umgehend mit Eva aus, die ebenfalls sehr großen Gefallen daran fand, und den Schöpfer jubelnd pries. Mehrfach.

Dem Herrn allerdings gefiel diese den einfachen Tieren zugetane Tätigkeit mitnichten und er donnergrollte: »Bitte, jetzt habt ihr ihn, den Sündenfall. Das muss ich bestrafen!«

Er sah grimmig zu Adam, der ihm so ähnlich war. Dann traf sein zorniger Blick das verführte Weib. Da damals noch jeder Monat achtundzwanzig Tage hatte, musste Eva nun zyklisch für das bezahlen, was Adam angezettelt hatte.

In dieser Zeit betrachtete der Herr nachdenklich den Baum der Empfängnis. An diesem sollten sie wachsen, die Menschlein, um nach neun Monaten reif gepflückt zu werden. Soweit die Zielsetzung.

Da er nach wie vor grollte und darüber hinaus nach einer Sanktion suchte, änderte er kurzerhand seine Menschheitsplanung. Ab sofort wuchsen am Baum der Empfängnis Feigen an den Ästen und Eva bezahlte Fleischeslust mit Schwangerschaften.

Darüber war nun wiederum Adam not amused und beschwerte sich lautstark beim Herrn, dass er einmal im Monat für ein paar Tage darben müsste, die Schwangerschaften mal rausgerechnet, und das ginge ja jetzt nun gar nicht. Überhaupt wäre eine Frau nicht ausreichend.

Adams Worte verletzten Eva sehr. So bot sie ihrem Liebsten das Köstlichste dar, was sie erreichen konnte: eine Feige. In den Überlieferungen wurde aus der Feige ein Apfel. Die arme Schlange hing hingegen nur als Schmuck über Evas Schultern.

Auch heute möchten die Evas dieser Welt den »Herren der Schöpfung« gefallen. Die Schlange hat demnach eine völlig andere Symbolik.

So oder so ähnlich könnte sich das abgespielt haben. Möglicherweise steuern die Herren aus diesem Grunde so gerne den Brötchenautomaten an. Das Eva-Prinzip. Eingabe - Verarbeitung - Ausgabe. Muss man nicht groß drüber nachdenken.

Offensichtlicher geht es kaum. Also, bitte.

Appel, Appel, Appel!

Das Eva-Prinzip lacht jeden Mann an. Hier ist unter anderem der einfache, leicht verständliche Ablauf des Brötchenbackautomaten maßgeblich: Mann gibt ein, was er will, es wird genauso verarbeitet, sogar mit Kommentar versehen, und anschließend ausgeworfen.

Also: Eingabe-Verarbeitung-Ausgabe.

Simpel, einfach, klar strukturiert.

Dabei ist das Eva-Prinzip noch einfacher, noch simpler. Schmeiß Adam ein paar Äpfel hin und er beißt rein.

Wohin uns das geführt hat, wissen wir ja.

Tschüss, G-Punkt

Die moderne, technikaffine Frau hat sich vom G-Punkt verabschiedet. Diese für manchen Mann doch gelegentlich mysteriöse Stelle wird neu definiert. Der G-Punkt hat Pause, denn jetzt gibt es *MenS Office*, das Anwendungstool für den suchenden Mann und die interessierte Dame.

Werden Sie ihr eigener Lovedesigner mit dem neuen MenS Office. Das Tool besticht durch seine neuartigen Anwendungen: Sword, Access Point und P-Point. Durch verschiedene Weiterentwicklungen können Sie Ihren Instinkten intuitiver folgen, direkter auf Systemwechsel reagieren und spontanen Bugs ausweichen. Beispielsweise liefert der idiotensichere ILV-Navigationsbereich via Sword 2014 benötigte Informationen schneller, wobei alle Treffer mit einem akustischen Signal angezeigt werden. Der P-Point gibt dem gewillten Mann mehr als je zuvor die Möglichkeit, dynamisch zu interagieren. Spannende Features und visuelle Effekte helfen ihm, eine klare und eindrucksvolle Vorstellung zu geben, mit der er die Dame seiner Wahl beeindrucken kann.

Kein kleines, schier unauffindbares 50 Cent großes Areal im dunklen Inneren der Dame. Nie wieder erfolgloses Herumstochern im Nirwana. Neue, modifizierte P-Pointtools vereinfachen das Auffinden durch die ultimative Sensortouchfunktion und sichern so die Feinanpassung einer jeden Position, damit diese ihre optimale Wirkung entfalten kann.

Jeder Griff ein Erfolg.

Die wahlweise zuschaltbare Multiorgasmfunktion ermöglicht es sogar, den P-Point 2014 zusammen mit anderen Personen zu erarbeiten. Ferner drängen die neuen Strukturen des P-Points den Nutzer, seine Gedanken auf einfache Gliedpunkte zu reduzieren. Zurück bleiben simple, zielgerichtete Aktionen.

Komplexere Zusammenhänge fallen von vorneherein unter den Tisch, was dem Mann an sich und seiner einfacheren Struktur sehr entgegenkommen dürfte.

Für die sexuell aktive Frau wäre eine WAP-Erweiterung im Basic-Service-Set zu empfehlen. Diese Erweiterung ist in der Lage, unterschiedliche Hardware annähernd ähnlichen Niveaus zu verbinden und gleichzeitig Kollisionen zu vermeiden.

Also eine bahnbrechende Erfindung? Oder einfach nur ein Glas Wein zu viel?

Bestellen Sie jetzt auf keinen Fall: MenS Office P-Point 2.0 inkl. Erweiterungspacks 1-93, plus WAP im BSS.

Ernsthaftes

Warme Decken

In meinem Alter läuft das Leben gemächlicher. Große Pläne und Träume, all´ das liegt weit hinter mir. Friedlich und ruhig gleitet mein Dasein nun dahin, so wie das kleine Fischerboot sanft auf den Wellen schaukelt.

Ich beobachte es, wie es früh morgens auf das Meer hinaus gleitet und einige Zeit später voll beladen wieder in den Hafen einläuft, festgetäut wird und auf den Morgen wartet.

Oft wandert mein Blick zu einem kleinen Balkon. Dahinter lebt eine Familie. Durch die Fenster kann ich erkennen, wie die Kinder spielen, bunte Bilder betrachten und wachsen. Sie wachsen schnell. Meine eigene Kindheit kam mir länger vor. Das älteste Kind – ein Mädchen – lebt seit letztem Jahr hinter einem anderen Balkon. Die Mutter hat sehr geweint, als sie fortging. Es war kalt damals, Schnee lag auf den Wegen, sie saß auf ihrem Balkon, dick eingewickelt und weinte. Dieses Jahr hat sie eine Pflanze, die sie täglich mit Wasser versorgt. Sie spricht mit ihr. Ich höre nicht, was sie sagt, weil der Wind die Worte in eine andere Richtung trägt. Manchmal jedoch wünsche ich mir, auch bei mir bleibe jemand stehen und spräche mit mir.

Da es aber niemandem in den Sinn kommt, stehe ich weiter und beobachte.

Es ist schön, den weichen Frühlingswind zu spüren oder den, der im Herbst mit den Blättern tanzt. Schön zu sehen, wie hinter dem Balkon die Lichter angehen, sobald die untergehende Sonne den Horizont blutrot färbt, das Fischerboot auf den Wellen schaukelt, und ab und an ein kleiner Hund bei mir stehen bleibt. »Guter Hund«, sage ich dann. Er schnüffelt kurz und läuft weiter. Er kann mich nicht verstehen, er ist nur ein Hund.

Seltsame Menschen gehen an mir vorüber: Mädchen mit riesigen Schuhen und winzigen Röcken; Buben mit Ringen im Ohr oder an der Augenbraue. Es wäre wichtig, sagen sie, immer IN zu sein. Was immer das auch sein mag – in meinem Alter sind solche Dinge nicht mehr wichtig. Auch die Frau auf dem Balkon verändert sich. Mal trägt sie ihre Haare lang, mal kurz, in einer anderen Farbe, und von Jahr zu Jahr wird sie stämmiger – ebenso wie ich.

Seit Kurzem ist ein kleiner Hund ihr ständiger Begleiter, vielleicht, weil ihre Kinder nun alle nicht mehr bei ihr sind. Meine Kinder sind in alle Himmelsrichtungen zerstreut und haben an anderen Orten Fuß gefasst. Die Einsamkeit ist nun meine treue Freundin. Sie lässt mich beobachten, den Wechsel der Jahreszeiten genießen und mich auf den Tod vorbereiten. Doch das kann noch lange dauern – ich bin stark und zäh.

Täglich führt sie ihren Hund spazieren und redet mit ihm. Es macht mich traurig zu sehen, wie sie scheinbar in der Vergangenheit lebt. Gebeugt geht sie am Grasstreifen entlang und scheint nicht zu spüren, wie der sanfte Wind tröstend in ihr Haar bläst. Sie scheint den stärkenden Regen nicht zu spüren, auch nicht die versengende Sonne.

Manchmal setzt sie sich neben mich. »Du und ich, was, Streuner?«, höre ich sie zu ihrem Hund sagen und einen Seufzer ausstoßen. Dann blickt sie hinauf zu ihrem Balkon. Vielleicht hofft sie, dass Lichter angehen, sie ihre Kinder wachsen sieht.

Jetzt, im Herbst, weilt sie nur kurz neben mir. Nur so lange, bis es sie fröstelt.

»Komm, Streuner.« Sagt sie dann, »wir gehen hinein und kuscheln uns in warme Decken.«

Auch ich werde bald meine warme Decke bekommen. Dann, wenn der erste Schnee fällt und ich alle meine Blätter abgeworfen habe.

Aus! Zeit!

Manchmal sitze ich einfach nur und schaue. Wohin? Irgendwo hin. Gelegentlich auf irgendeine Wiese.

Mein Hund buddelt ein Loch und ist total versunken, nimmt Nichts um sich herum wahr. Ich schaue ihm ebenso versunken zu. Beobachte das Spiel seiner Muskeln. Lächle, wenn er die Erdbrocken ausspuckt. Mein Blick schweift zum Horizont. Ich kneife die Augen zusammen, schließe sie und lass die Sonne rein. Es ist still, es ist schön. Es gibt gerade Nichts zu tun. Neben mir lässt sich kurz ein Schmetterling nieder. Ich kann den Frühling riechen, die ersten Gänseblümchen sehen. Der Atem fließt ruhig. Total entspannt.

Keiner drängelt, keiner hetzt, keiner will etwas von mir. Das tut gut. Zumindest die nächsten zehn Minuten.

Die kleine Auszeit geht schnell vorüber. Dann greift der Alltag. Schnell, schnell, hurtig, zack zack! Die Budgetabgabe brüllt ähnlich dringlich wie die Bügelwäsche, der Zahnarzt- und der Vorsorgetermin. Zwischendurch werden Kind oder Mann krank, bestenfalls beide zusammen. Beim haarigen Vierbeiner steht die Impfung an und der Wagen hechelt der längst überfälligen Wartung entgegen. Und ach, das Brot ist ausgegangen. Kann ich auf dem Weg zum Sport besorgen. Kein Problem. Das galoppiere ich doch auf einem Bein. Schnell, schnell.

Die Uhr sowie alle anderen bestimmen meinen Takt. Der eigene Anspruch tut sein Übriges dazu. Ein Dauerlauf durch den Tag. Fix noch den Geschirrspüler ausräumen, die Steuerunterlagen sortieren und den Boden von leblosem Hundefell befreien. Eigentlich sollten die Fenster auch mal wieder geputzt werden. Erst mal im Büro anrufen, den Termin bestätigen. Excel ist ein Arschloch!

Stopp! Hinsetzen. Zurücklehnen. Füße hochlegen. Schauen. Irgendwohin. In den Garten. Der Frühling ist bunt. Er leuchtet Gelb, Orange, Rot, Lila, Blau. Herrlich! Und duften können sie auch noch, die Farben. Ich lächle, fühle mich wohl. Durchatmen, tief atmen. Auszeit. Nur eine kurze Weile. Den Blick nicht zielgerichtet auf etwas lenken, sondern irgendwohin. Ins Leere. Vielleicht eine Tasse Kaffee? Hin und wieder schaue ich meiner kleinen Palme beim Wachsen zu. Sie wächst sehr langsam. Doch mit einem Male entdecke ich drei neue Triebe, die gestern noch nicht da waren. Oder doch? Wie schnell die Zeit vergeht.

Wenn ich jedoch einfach nur so da sitze und schaue, dann vergeht die Zeit etwas langsamer. Ruhiger, gemächlicher, entspannter. Runter fahren. Kurz innehalten. Nur ein paar Minuten hier und da. Das hilft mir, dem Tag das Tempo zu nehmen, mich zu entschleunigen.

Manche nehmen Kurse zur Entspannung. Power-Napping, autogenes Training, progressive Muskelentspannung, Burn-out-Prävention, transzendentale Meditation oder Tanz-Deinen-Namen-Kurse.

Ich setze mich hin und gucke. Gelegentlich einen Tag Wellness. Um was zu tun? Einen ganzen Tag lang irgendwo sitzen oder liegen und irgendwohin schauen. Ein Buch lesen ohne die Uhr im Anschlag, Musik hören und dabei einschlafen. Dann wieder schauen.

Manchmal gehe ich laufen. Auch das macht frei und lässt die Gedanken fließen. Beschleunigen zum Entschleunigen.

Aus! Zeit!

Spaziergang mit Danny

7:30 Uhr. Samstagmorgen. Dezember.

Die Landschaft strahlt in zentimeterdickem Weiß und die aufgehende Sonne, die sich mehr erahnen als sehen lässt, taucht den Himmel vereinzelt in zartes Blau. Leichter Nebel legt sich über die Wattebauschkulisse und entspannt die Sinne. Mein Hund steckt die Nase in den Schnee, prustet, lässt sich fallen, wälzt sich und ist glücklich.

Auf dem Feldweg vor mir steht ein kleiner Junge mit seinem Fahrrad. Er wartet, bis ich bei ihm bin.

»Hallo.« Er strahlt mich an. »Ist das dein Hund? Wie heißt er?«

Ich nicke und verrate ihm den Namen.

»Ein schöner Hund«, redet er weiter und schiebt sein Fahrrad neben mir her. »Meine Tante hat auch welche. Therapiehunde«, sagt er stolz und holt aus seiner Jackentasche kleine Hundekuchen hervor. »Deswegen habe ich immer welche dabei. Meine Tante lebt in Bayern. Leider sehe ich sie nicht so oft. Aber die Leckerlis darf ich mir immer mitnehmen. Darf ich?«

Wieder nicke ich und lächle.

Danny ruft meinen Hund zu sich, spielt mit ihm im Schnee und wirft meinem Hund hin und wieder ein Leckerli zu.

Eigentlich ist sein Name Daniel, doch seine Mutter rufe ihn nur Danny. Auch in der Schule ruft ihn jeder so. Er mag den Spitznamen »Danny« gern, sagt er.

»Weißt du«, strahlt er, als er wieder sein Fahrrad schiebt, »wir wohnen erst drei Jahren hier, davor haben wir in Köln gelebt.«

Ich möchte von ihm wissen, was er so mutterseelenallein morgens auf dem Feld macht?

»Den Schnee genießen«, sagt er. Er liebt es, am Wochenende oder in den Ferien früh morgens mit dem Fahrrad über die Felder zu brausen. Insbesondere bei Schnee.

»Komm«, ereifert er sich, »da vorne ist der Weg, der total schwer zu fahren ist, wenn so viel Schnee liegt. Deswegen macht es mir so viel Spaß, wenn ich den Weg geschafft habe. Denn danach gehe ich nach Hause, kuschele mit meiner Mama auf dem Sofa und wir trinken Tee. Unter der Woche kann ich so was leider nicht tun, weil ich da keine Zeit habe. Aber jetzt in den Ferien mache ich das jeden Tag.«

Gemeinsam steuern wir den unebenen und grasnarbigen Weg an, dessen Tücke heute unter Schnee verborgen liegt. Mein Hund und Danny toben voraus, ich spaziere hinterher und lächle, wie beide außer Atem wieder auf mich zustürmen.

Danny lacht. »Zum Glück ist mein Rad heil. Hier«, er zeigt stolz auf die Kette an seinem klapprigen Fahrrad, »Erst gestern bin ich noch auf den Radhof gelaufen und die haben mir ganz umsonst meine Kette repariert.«

Das Gefährt des Jungen ist sehr alt und rostig. Am Lenker hängt eine schwarze Kunstledertasche mit Schnallen. Danny hat sie mit Schnüren am Lenker befestigt und benutzt diese für sein Flickzeug und für allerlei Fundstücke wie schöne Steine, Blätter, ein Stückchen Holz.

Plötzlich sieht er auf seine Uhr. »Oh, schon kurz vor neun. Ich muss nach Hause. Meine Mama hat gesagt, wir frühstücken um neun Uhr. Kommst du auch heute zum Mittagstisch?«

Ich weiß nicht, was das ist und frage nach. Es ist ein Mittagessen unserer Markusgemeinde. Er geht dort jede Woche mit seiner Mama hin.

»Ich bin ein Trennungskind, weißt du«, sagt er, »Aber das ist nicht schlimm, ich kann damit gut umgehen.«

Er winkt mir zu und nimmt auf dem Rückweg jede halbgefrorene Pfütze mit, die er kriegen kann. Noch lange höre ich ihn aufjauchzen, wenn er durch eine hindurchfährt und die eisigen Schlammbrocken um ihn herum aufspritzen.

Danny ist erst acht Jahre alt.
Und Danny hat meinen allerhöchsten Respekt.

Kontakt

www.jo-berger.com
www.facebook.com/JoBergerAutorin

Bisher erschienen:

Manhattan Millionär
Mit Mandelkuss und Liebe
Himmelreich und Honigduft - Band 3
Ein Engel für Jule
Bedingt Wetterfest
Leonardos Zeichen
Das liegt am Wetter – Band 1
Das liegt am Wetter – Band 2